Le Livre de Poche
Jeunesse

D0831539

Né à Dresde en 1899, Erich Kästner écrivit des poèmes puis des romans pour les enfants et les adultes, enfin des souvenirs d'enfance. Humoriste, il tenta, avec plusieurs écrivains allemands de l'époque, de défendre par là satire la liberté menacée, et Hitler fit brûler ses livres, comme beaucoup d'autres, en 1933. Pourtant, Kästner ne quitta pas son pays, où il mourut en 1974. Ses œuvres ont été publiées à des milliers d'exemplaires et il a reçu, en 1960, le prix Hans-Christian Andersen, grand prix international de littérature enfantine.

Émile
et les détectives

*Si vous voulez savoir
comment est né ce livre,
reportez-vous page 181, l'auteur
vous en raconte l'histoire.*

Œuvres de Erich Kästner
dans
Le Livre de Poche Jeunesse :

Deux pour une
Le 35 mai
Petit Point et ses amis

Erich Kästner

Émile
et les détectives

Traduction
de Mme L. Faisans-Maury

Couverture et illustrations
de Daniel Maja

Édition revue et corrigée

Stock

Voici, d'abord, Émile lui-même. Dans son costume bleu du dimanche. Il ne le met pas volontiers et seulement lorsqu'il y est obligé. Les costumes bleus attrapent si facilement des taches ! Alors la mère d'Émile humecte sa brosse à habits, elle saisit le gamin entre ses genoux, et dit, tout en le brossant : « Petit ! Petit ! tu sais bien cependant que je ne peux pas t'en acheter un autre. » C'est toujours à ce moment-là, quand il est trop tard, qu'Émile songe combien sa mère travaille pour assurer leur nourriture et pour lui permettre d'aller à l'école.

Émile

en personne

A la mort de son père, M. Tischbein, le quincaillier, Émile avait cinq ans. Et depuis ce jour la mère d'Émile est coiffeuse. Elle ondule, elle lave la tête des demoiselles et des dames du quartier. D'autre part, elle fait sa cuisine, son ménage, et ne prend personne pour l'aider à sa lessive. Elle aime beaucoup Émile, et elle est heureuse de pouvoir travailler et gagner de l'argent. Parfois elle chante gaiement. Mais quelquefois elle est souffrante; alors Émile s'occupe de la cuisine. Il fait des œufs sur le plat. Il sait aussi faire griller un bifteck, avec des croûtons dorés et des oignons.

Mme Tischbein

coiffeuse

la maman d'Emile

Ce train est le train de Berlin. Et comme vous l'apprendrez dès le prochain chapitre, il va se passer dans ce compartiment, probablement, des choses extraordinaires. Les compartiments de chemin de fer sont vraiment des endroits singuliers : des gens qui ne se connaissent pas s'y empilent pendant quelques heures, et bientôt se confient les uns aux autres comme s'ils se connaissaient de longue date. Parfois c'est très agréable et gentil. Parfois ça l'est moins. Sait-on jamais à qui l'on a affaire ?

Un compartiment de chemin de fer assez important

Personne ne le connaît. En principe, on doit faire crédit à tout être humain, c'est entendu. Mais ici je vous prierai d'être extrêmement prudent. La prudence, comme on le dit si bien, est mère de la caisse de porcelaine. L'homme est bon, a-t-on dit. C'est peut-être vrai. Cependant, il ne faut pas trop faciliter les choses à cet homme bon. Car alors il arrive soudain qu'il devient mauvais.

L'Homme au Chapeau melon

*Cette petite fille, sur la petite bicyclette,
c'est la cousine de Berlin : Pony Bibi est
une ravissante enfant ; Pony Bibi n'est
pas du tout son nom, ce n'est qu'un
surnom, à cause de son drôle de
petit chapeau. Sa mère et
Mme Tischbein sont sœurs.*

Pony Bibi

la cousine d'Émile

La place Nollendorf est à Berlin. Et sur la place Nollendorf se trouve, si je ne me trompe, l'hôtel où se rencontrent, sans l'avoir prévu, plusieurs person- nages de l'histoire. Cet hôtel est peut-être bien place Wittenberg, peut-être aussi place Fehrbellin. Je m'explique : je sais parfaitement où il est ! Mais le patron est venu me trouver quand il a entendu dire que j'écrivais cette histoire ; et il m'a demandé de ne pas spécifier le nom de la place. « Car, de toute évidence, me dit-il, ce ne sera pas une recommandation pour mon hôtel, quand on le saura fréquenté par des gens pareils... » J'en tombai d'accord avec lui. Et il s'en alla.

Il s'appelle Gustave. Il est premier en gymnastique. Qu'a-t-il encore? Un assez bon cœur et une trompe de bicyclette. Tous les enfants du quartier le connaissent et le traitent comme s'il était leur chef. Quand il apparaît dans une cour et qu'il appuie sur sa trompe de toutes ses forces, les gamins lâchent tout, descendent l'escalier comme des fous et lui demandent ce qu'il veut. En général, il choisit deux camarades pour le football et ils vont sur le terrain de jeux. Quelquefois, la trompe rend d'autres services. Comme ce fut le cas, par exemple, dans l'histoire d'Émile.

Le P'tit Gars
à la trompe de bicyclette

Dans tous les quartiers, les grandes banques ont leurs succursales. Quand on a de l'argent, on peut y acheter des valeurs, et quand on a un compte ouvert on peut y chercher de l'argent. On peut aussi encaisser des chèques, s'ils n'ont pas été émis « sans provision ». Il y entre aussi parfois des employés qui demandent à changer dix marks contre cent pièces de dix pfennigs pour que leurs patrons aient de la petite monnaie à rendre dans leur caisse. Celui qui a des dollars, des francs suisses ou des lires peut aussi venir les échanger contre de l'argent allemand. Parfois des gens entrent même la nuit dans les banques. Bien que personne ne soit là pour les servir. C'est justement pour cela qu'ils se servent eux-mêmes.

La petite succursale
de la banque

C'est la grand-mère la plus gaie que je connaisse. Avec ça elle n'a eu toute sa vie que des soucis. Mais à certains êtres la belle humeur ne coûte aucune peine. A d'autres au contraire elle demande un effort sérieux. Autrefois cette grand-mère vivait avec les parents d'Émile. A la mort du quincaillier Tischbein, elle s'installa à Berlin, chez son autre fille.

Car la mère d'Émile ne pouvait pas gagner suffisamment pour nourrir trois personnes. La vieille dame vivait donc à Berlin, et chacune de ses lettres se terminait ainsi : « Ma santé est bonne, j'espère qu'il en est de même chez vous. ».

la grand-mère d'Émile

Tout ce qui se passe dans le journal. Il suffit que ce soit un peu extraordinaire. Quand un veau naît avec quatre pattes, naturellement cela n'intéresse personne. Mais s'il en a cinq ou six – et ça arrive – il faut que les grandes personnes lisent cela à leur petit déjeuner. Que M. Müller se conduise comme un brave homme, personne ne tient à le savoir; mais si M. Müller coupe son lait avec de l'eau, on le mettra dans le journal. Après quoi, il fera ce qu'il voudra. Êtes-vous quelquefois passé le soir devant l'immeuble d'un grand journal? Vous entendez sonner, taper, grincer ! les murs tremblent.

⇨ La salle de composition
d'un grand journal

Et maintenant nous allons enfin commencer !

Chapitre 1

Émile aide sa mère

« Là ! dit Mme Tischbein, et maintenant apporte-moi la cruche d'eau chaude ! » Elle-même prit une autre cruche et un petit pot contenant la mousse de savon, et passa de la cuisine dans la chambre. Émile saisit la cruche et suivit sa mère.

Dans la chambre, une femme était assise, la tête penchée au-dessus d'une cuvette blanche. Ses cheveux, emmêlés comme un écheveau de laine, pendaient devant son visage. La mère d'Émile répandit le savon liquide sur les cheveux blonds et frotta la tête inconnue qui se mit à mousser.

« Est-ce trop chaud ? demanda-t-elle.

— Non, ça va ! répondit la tête.

— Ah ! mais c'est Mme Wirth, la boulangère ! Bonjour, dit Émile en posant sa cruche sous la toilette.

— Tu en as de la chance, Émile ! Il paraît que tu vas à Berlin.

— Il n'en avait pas grande envie, il est vrai, dit la mère en frottant vigoureusement la tête de la boulangère. Mais le gamin n'a pas besoin de rester ici à flâner tout le temps des vacances. Il ne connaît pas Berlin et ma sœur Martha nous a déjà souvent invités. Son mari gagne bien sa vie. Il est employé des postes. Je ne peux pas accompagner Émile, naturellement ; j'ai beaucoup de travail les veilles de jours fériés. D'ailleurs il est assez grand, et il n'a qu'à faire bien attention en route ; ma mère ira le prendre à la gare de Friedrichstrasse. Elle l'attendra devant le kiosque de fleurs.

— Berlin va sûrement lui plaire beaucoup. C'est très amusant pour les enfants. Nous y sommes allés il y a dix-huit mois avec la Société du Jeu de quilles. Quel trafic ! Et dans certaines rues on y voit aussi clair la nuit qu'en plein jour ! Et ces autos ! s'exclama Mme Wirth du fond de la cuvette.

— Beaucoup de marques étrangères ? demanda Émile.

— Comment veux-tu que je le sache ? dit Mme Wirth, et elle éternua ; la mousse de savon lui était entrée dans le nez.

28

— Allons, va t'habiller, ordonna la mère. Je t'ai préparé ton costume neuf dans ta chambre. Habille-toi, de façon que nous puissions déjeuner aussitôt que j'aurai fini d'onduler Mme Wirth.

— Quelle chemise dois-je mettre ? demanda Émile.

— Tout est préparé sur le lit. Tire bien tes chaussettes. Et lave-toi d'abord soigneusement. Et mets les lacets neufs à tes chaussures. Allez, va !

— Peuh ! » fit Émile, et il s'en alla.

Après le départ de Mme Wirth, bien frisée et satisfaite de l'image qu'elle avait aperçue d'elle dans la glace, la mère entra dans la chambre et trouva Émile qui allait et venait d'un air malheureux.

« Pourrais-tu me dire qui a inventé les vêtements neufs ?

— Non, je regrette. Mais pourquoi veux-tu le savoir ?

— Donne-moi l'adresse de ce gars-là et j'irai le tuer !

— Ah ! mon pauvre garçon ! Il y a des enfants qui sont malheureux parce qu'ils n'ont jamais de vêtements neufs. Chacun a ses soucis, tu sais... Pendant que j'y pense : ce soir demande à tante Martha de te donner un cintre à vêtements, et mets ton costume avec soin dessus. Mais avant il faudra le brosser ; n'oublie pas ! Et demain tu pourras remettre ton pull-over, ta tenue de brigand... Quoi encore ? Ta valise est prête. Les fleurs pour la tante sont empaquetées. Je te donnerai plus tard l'argent de la grand-mère. Et maintenant déjeunons ; arrivez, jeune homme ! »

Mme Tischbein le prit par le bras et le conduisit à la cuisine. Le déjeuner se composait d'un plat de macaroni au jambon et au fromage. Émile dévorait, engloutissait. De temps à autre toutefois, il s'arrêtait et jetait un coup d'œil sur sa mère, comme s'il eût craint que ce bel appétit ne la vexât, juste avant son départ.

« Tu m'enverras tout de suite une carte. J'en ai mis dans ta valise, sur le dessus.

— Entendu », dit Émile, et il ramassa, en tâchant de ne pas le faire voir, un morceau de macaroni tombé sur ses genoux. Heureusement sa mère ne remarqua rien.

« Tu leur diras bien le bonjour à tous pour moi. Et fais attention surtout ! A Berlin, ce n'est pas comme chez nous à Neustadt. Le dimanche tu iras avec l'oncle Robert au Musée de l'Empereur Frédéric. Et tiens-toi convenablement, pour qu'on ne puisse pas dire qu'ici nous ne savons pas ce qui se fait.

— Parole d'honneur ! » dit Émile.

Après le déjeuner, ils revinrent tous deux dans la chambre. La mère tira de l'armoire un coffret de métal et se mit à compter de l'argent. Tout à coup elle secoua la tête et recommença à compter. Puis elle demanda :

« Qui donc est venu hier après-midi, hein ?

— Mlle Thomas, dit-il, et Mme Homburg.

— Oui. Mais mon compte n'est pas exact. »
Elle réfléchit, alla chercher le petit carnet sur
lequel elle inscrivait ses recettes, calcula et dit
enfin : « Il me manque huit marks.

— L'employé du gaz est passé ce matin.

— C'est vrai ! Alors, c'est juste, malheureusement. » Elle sifflota gaiement pour écarter son
souci, et sortit du coffret trois billets. « Là,
Émile, voici cent quarante marks. Un billet
de cent marks et deux billets de vingt marks.
Tu donneras à la grand-mère cent vingt marks
et tu lui diras de ne pas m'en vouloir si je
ne lui ai rien envoyé la dernière fois ; j'étais
trop juste. C'est pour ça que tu lui apportes
toi-même l'argent aujourd'hui, et même un
peu plus que le compte. Et embrasse-la bien
fort. Tu as compris ? Les vingt marks qui
restent, tu pourras les garder. Tu prendras
ton billet de retour, qui coûtera à peu près
dix marks. Et avec le surplus tu paieras tes
consommations quand vous irez en promenade.
Il est prudent d'ailleurs d'avoir toujours dans
sa poche quelques marks dont on n'a pas besoin,
pour parer à toute éventualité. Certainement.
Et voici l'enveloppe qui contenait la lettre de
tante Martha. Je mets l'argent dedans. Fais bien
attention à ne pas me la perdre ! Où vas-tu la
mettre ? »

Elle glissa les billets dans l'enveloppe, la plia en deux et la tendit à Émile.

Il réfléchit un instant, puis la mit tout au fond de sa poche intérieure droite ; pour plus de tranquillité, il s'assura en la tâtant de l'extérieur que l'enveloppe était bien en place et dit d'un ton convaincu : « Là, il n'y a pas de danger qu'elle se sauve !

— Surtout ne raconte à personne en route que tu as de l'argent.

— Voyons, maman ! » Émile était vraiment vexé. Le supposer capable d'une bêtise pareille ! Mme Tischbein mit ensuite un peu d'argent dans son propre porte-monnaie, puis elle replaça le coffret dans l'armoire, et relut rapidement la lettre qu'elle avait reçue de sa sœur ; cette lettre indiquait les heures de départ et d'arrivée du train qu'Émile devait prendre...

Beaucoup d'entre vous songeront sans doute qu'une somme de cent quarante marks ne nécessite vraiment pas une conversation aussi approfondie que celle de Mme Tischbein et d'Émile. Et cela n'est en effet pas nécessaire pour celui qui gagne deux mille, ou vingt mille, ou même cent mille marks par mois.

Mais, pour le cas où vous ne le sauriez pas, la plupart des gens gagnent moins, beaucoup moins que cela. Et celui qui gagne par semaine trente-cinq marks, que cela vous plaise ou non, considère comme une grosse somme les cent

« *Surtout ne raconte à personne en route*
que tu as de l'argent ! »

33

quarante marks qu'il a pu économiser. Pour d'innombrables hommes cent marks représentent autant qu'un million, et, pour ainsi dire, ils écrivent cent marks avec six zéros. Et dans leurs rêves ils ne parviennent même pas à imaginer ce que représente un million en réalité.

Émile n'avait plus son père. Sa mère avait beaucoup à faire ; elle ondulait ses clientes, lavait des têtes blondes et des têtes brunes, et travaillait infatigablement pour subvenir à sa nourriture et à celle de son fils, et pour pouvoir payer la note du gaz, le charbon, le loyer, les vêtements, les livres et l'école. Mais quelquefois elle était souffrante et obligée de rester couchée. Le docteur venait et prescrivait des médicaments. Émile alors préparait des compresses chaudes et il faisait la cuisine pour sa mère et pour lui. Et même, pendant qu'elle dormait, il passait sur le plancher la serpillière humide afin qu'elle ne dise pas : « Il faut que je me lève ; tout va à l'abandon chez nous ! »

Allez-vous me comprendre et ne pas sourire, si je vous dis maintenant qu'Émile était un garçon modèle ? Voyez-vous, il aimait beaucoup sa mère, et il serait mort de honte s'il était resté à ne rien faire tandis qu'elle travaillait, faisait ses comptes et recommençait à travailler. Pouvait-il bâcler ses devoirs ou les copier sur ceux de Richard Naumann ? Pouvait-il faire l'école buissonnière avec les autres ? Il voyait quel mal elle se donnait pour ne le laisser manquer de rien et pour lui assurer tout ce que ses camarades de l'école professionnelle recevaient ou possédaient. Alors pouvait-il la tromper ou lui donner du souci ?

Émile était donc un garçon modèle. Mais il n'appartenait pas à ce genre de garçons modèles qui ne le sont que par lâcheté ou par intérêt, ou parce qu'ils sont vieux avant l'âge. C'était un garçon modèle parce qu'il voulait en être un. Il s'était promis cela, comme on se promet par exemple de ne plus aller au cinéma ou de ne plus manger de bonbons. Il s'était donc promis d'être un garçon modèle, et souvent cela lui paraissait très difficile.

Mais lorsque, à Pâques, il rentrait à la maison et pouvait dire : « Maman, voici mes notes, je suis encore premier ! » il était bien content. Il aimait les compliments qu'on lui faisait à l'école et partout, non pas pour la joie qu'il en avait lui-même, mais pour la joie que sa mère en éprouvait. Il était fier de pouvoir lui rendre un peu, à sa manière, ce qu'elle faisait pour lui toute sa vie, sans se lasser...

« Hop ! dit la mère, il faut aller à la gare. Il est déjà une heure un quart et le train part un peu avant deux heures.

— Alors, en route, madame Tischbein ! répondit Émile, mais sachez bien que je porterai moi-même ma valise. »

Chapitre 2

Le gendarme reste muet

En sortant de la maison, la mère dit :
« Si le tramway à cheval passe, nous le prendrons jusqu'à la gare. » Y en a-t-il un parmi vous
qui sache comment est fait un tramway à cheval ?

Le tramway à cheval est une drôle de machine.
Pourtant, il roule sur des rails comme un vrai
tramway bien raisonnable, et il a des voitures
toutes pareilles aux autres tramways, mais il est
attelé d'un vieux canasson. Aux yeux d'Émile et
de ses camarades, c'était tout simplement un
scandale ; ils rêvaient de tramways électriques
avec impériales, cinq phares devant et deux
derrière, mais le maire de Neustadt trouvait que,
pour venir à bout de cinq kilomètres de rails, la

force d'un cheval vivant était bien suffisante. Jusqu'à présent il n'était donc pas question de tramway électrique et le cocher n'avait pas à s'inquiéter le moins du monde de manivelles ou de leviers ; dans la main gauche il tenait les guides et dans la main droite son fouet. Et hue ! cocotte !

Et si quelqu'un dans le tramway voulait descendre devant le numéro 12 de la rue de la Mairie, il n'avait tout simplement qu'à cogner sur la vitre. M. Schaffner faisait : « Drr ! » et le voyageur était déposé à sa porte. La vraie halte ne se trouvait peut-être bien que devant le numéro 30 ou le numéro 46, mais cela était tout à fait égal au tramway de la Compagnie. Il avait tout son temps. Le cheval avait le temps. Le cocher avait le temps. Les habitants de Neustadt avaient le temps. Et si une fois par hasard quelqu'un était vraiment pressé, il allait à pied...

Mme Tischbein et son fils descendirent place de la Gare. Tandis qu'Émile retirait son bagage de la plate-forme, une grosse voix gronda derrière eux : « Alors ! on s'en va donc en Suisse ? »

C'était le gendarme Jeschke. La mère répondit : « Non, mon garçon va passer une semaine à Berlin chez des parents. »

Émile sentit sa vue s'obscurcir ; il eut presque le vertige, car sa conscience était très chargée :

dernièrement, après la leçon de gymnastique dans le pré de la rivière, une douzaine d'élèves de l'école professionnelle avaient été poser sur le crâne chauve de la statue du Grand-Duc, de ce Charles-à-la-figure-de-travers, comme on l'appelait, un vieux chapeau de feutre. Et Émile, parce qu'il était bon en dessin, avait été désigné par les autres pour peindre sur le visage du Grand-Duc un nez rouge et une moustache noire comme de l'encre. Et tandis qu'il s'absorbait dans son travail de peintre, le gendarme Jeschke était apparu à l'autre bout de la place.

Avec la rapidité de l'éclair, tous s'étaient enfuis ; mais on pouvait craindre d'avoir été reconnu.

Cependant le gendarme ne dit rien, souhaita bon voyage à Émile, demanda à sa mère des nouvelles de sa santé, et s'enquit de l'état des affaires.

Malgré tout, Émile n'était pas très rassuré. Et tandis qu'il transportait sa valise à la gare à travers la place, il se sentait bien près de défaillir ; à chaque instant il s'attendait à entendre Jeschke lui crier : « Émile Tischbein, je t'arrête ! Haut les mains ! » Mais il n'arriva rien de pareil. Peut-être le gendarme attendrait-il le retour d'Émile ?

Sa mère alla prendre au guichet un billet (de troisième classe naturellement) et un billet de quai ; puis ils se rendirent sur le quai numéro 1

Il s'attendait à entendre Jeschke lui crier :
« Émile Tischbein, je t'arrête !... »

— Neustadt a quatre quais, s'il vous plaît — et attendirent le train de Berlin. Il n'y avait plus que quelques minutes.

« Ne perds rien, mon garçon ! Et ne t'assieds pas sur le bouquet ! Demande à quelqu'un de mettre ta valise dans le filet. Et sois bien poli surtout, je t'en prie !

— Je mettrai bien moi-même la valise dans le filet. Je ne suis pas en sucre, voyons !

— Bon ! Et ne te trompe pas pour descendre. Tu arrives à Berlin à dix-huit heures dix-sept, à la gare de Friedrichstrasse. Surtout, ne descends pas avant, ni à la gare du Zoo, ni à une autre station.

— N'ayez crainte, madame.

— Et avant tout, tâche de ne pas être aussi insolent avec les autres qu'avec ta mère. Ne jette pas le papier par terre quand tu mangeras tes saucisses. Et... ne perds pas l'argent. »

Émile, épouvanté, ouvrit son veston, et explora sa poche droite. Il poussa un soupir de soulagement et déclara : « On est paré ! »

Prenant le bras de sa mère, il se mit à arpenter le quai avec elle.

« Et toi, petite mère, ne te fatigue pas trop ! Et ne tombe pas malade ! Tu n'aurais personne pour te soigner ; mais je prendrais immédiatement l'express pour rentrer à la maison. Écris-moi, toi aussi. Et tu sais, je ne reste qu'une semaine, au plus. » Il serrait sa mère tendrement contre lui, et elle lui donna un baiser sur le nez.

Enfin, avec beaucoup de mugissements et de sifflements, le train de voyageurs pour Berlin arriva et s'arrêta. Émile embrassa encore une fois sa mère. Puis il grimpa dans un compar-

40

timent avec sa valise. Sa mère lui tendit les fleurs et son paquet de provisions, et lui demanda s'il avait une place. Il hocha la tête.

« C'est bien entendu, tu descends à la gare de Friedrichstrasse. »

Il hocha la tête.

« Et grand-mère t'attend devant le kiosque de la fleuriste. »

Il hocha la tête.

« Et tiens-toi comme il faut, polisson ! »

Il hocha la tête.

« Sois gentil avec Pony Bibi. Vous n'allez pas vous reconnaître ? »

Il hocha la tête.

« Et écris-moi !

— Toi aussi ! »

Ils auraient vraisemblablement continué ainsi pendant des heures sans l'horaire des chemins de fer.

Le conducteur avec son petit drapeau rouge cria : « En voiture ! en voiture ! » Les portes claquèrent. La locomotive s'ébranla. Le train s'éloigna.

La mère agita longtemps encore son mouchoir. Puis elle se retourna lentement et rentra à la maison. Et comme elle tenait son mouchoir à la main, elle pleura un petit peu.

Pas bien longtemps cependant, car à la maison l'attendait déjà Mme Augustin, la bouchère, qui voulait un shampooing.

Chapitre 3

En route pour Berlin

Émile enleva sa casquette et dit : « Bonjour, messieurs, mesdames. Y a-t-il encore une petite place pour moi ? »

Il y en avait une naturellement. Et une grosse dame, qui avait enlevé sa chaussure gauche pour soulager un pied trop serré, dit à son voisin, qui soufflait comme un phoque : « Les enfants aussi polis que celui-là sont bien rares aujourd'hui. Quand je pense à ma jeunesse ! Mon Dieu ! Nous avions un tout autre esprit. » En parlant, elle remuait en cadence au fond de son bas gauche son orteil contusionné. Émile, intéressé, la regardait. Et l'homme soufflait tellement qu'il pouvait à peine approuver.

Émile savait depuis longtemps que certaines personnes répètent toujours : « Mon Dieu ! que tout allait mieux autrefois ! » Il ne faisait même plus attention lorsque quelqu'un déclarait que jadis l'air était plus sain, ou que la tête des bœufs était plus grosse. Car en général cela n'était pas vrai ; seulement, ces gens-là n'étaient plus contents de rien.

Il tâta la poche droite de son veston et se sentit tranquille en entendant crisser l'enveloppe. Ses compagnons de voyage d'ailleurs inspiraient confiance, et ne ressemblaient ni à des voleurs, ni à des assassins. A côté de l'homme qui soufflait si terriblement était assise une femme qui tricotait un châle. Dans le coin, près de la fenêtre, et à côté d'Émile, un monsieur en chapeau melon lisait le journal.

Tout à coup il mit son journal de côté, sortit de sa poche une tablette de chocolat, et la tendit au jeune garçon en lui disant : « Est-ce que le cœur t'en dit, petit ?

— Si ce n'est pas indiscret », répondit Émile, et il prit le chocolat. Puis il enleva prestement sa casquette, s'inclina et se présenta : « Je m'appelle Émile Tischbein. »

Les voyageurs sourirent. A son tour, le monsieur souleva son chapeau gravement et dit : « Enchanté ! je m'appelle Grundeis. »

La grosse dame qui avait enlevé sa chaussure gauche demanda : « Est-ce que Kurzhals a toujours son magasin à Neustadt ?

— Mais oui, certainement, répondit Émile. Le

connaissez-vous ? Il a même acheté son fonds de commerce.

— Eh bien, tu lui diras bonjour de la part de Mme Jacob, de Gross-Grünau.

— C'est qu'à présent, je pars pour Berlin.

« Est-ce que le cœur t'en dit, petit ? »

— Ça ne presse pas, quand tu reviendras »,
dit Mme Jacob ; elle recommença à faire tourner
son orteil, et se mit à rire si fort que son chapeau
lui tomba sur le nez.

« Ainsi donc, tu vas à Berlin ? interrogea
M. Grundeis.

— Oui, et ma grand-mère m'attendra à la
gare de Friedrichstrasse, devant le kiosque de la
fleuriste », répondit Émile en tâtant de nouveau
son veston. L'enveloppe crissait toujours, Dieu
merci !

« Connais-tu Berlin déjà ?

— Non.

— Eh bien, alors, tu vas être ébahi ! Il y a
à Berlin des maisons neuves hautes de cent
étages, et on a été obligé d'attacher solidement
les toits au ciel pour qu'ils ne s'envolent pas...
Et si quelqu'un est très pressé de se rendre dans
un autre quartier de la ville, on l'emballe vite
dans une caisse à la poste ; on met la caisse
dans un tube, et on l'envoie comme un pneu-
matique, au bureau de poste du quartier où le
monsieur voulait aller... Et si on a besoin d'argent on va dans une banque, on laisse sa cervelle
en gage et on vous donne mille marks en échange.
L'homme ne peut vivre que deux jours sans
cervelle, et il ne peut la retirer de la banque
qu'en rapportant douze cents marks. On a
inventé des appareils chirurgicaux extraordi-
nairement modernes...

— Il faut croire que vous venez justement de laisser votre cervelle à la banque », dit l'homme qui soufflait si fort, et il ajouta : « Cessez donc ces stupidités ! »

D'angoisse, les orteils de la grosse Mme Jacob ne bougeaient plus, et la dame qui tricotait son châle s'était arrêtée.

Émile riait du bout des lèvres. La discussion continuait entre les deux messieurs. Émile se dit : « Vous auriez bien voulu m'attraper, vous ! » et il se mit à ouvrir son paquet de saucisses, bien qu'il vînt seulement de déjeuner. Tandis qu'il mangeait sa troisième saucisse, le train s'arrêta dans une grande gare. Émile n'apercevait nulle part le nom de la station et il ne comprit pas non plus ce que l'employé criait devant la fenêtre. Presque tous les voyageurs descendirent : l'homme soufflant, la dame au tricot et aussi Mme Jacob. Elle faillit ne pas avoir le temps de descendre parce qu'elle ne retrouvait pas sa chaussure.

« N'oublie pas de saluer M. Kurzhals de ma part ! » dit-elle encore une fois.

Émile fit un signe d'assentiment.

Il se trouvait donc seul maintenant avec le monsieur au chapeau melon. Cela ne lui plaisait guère. Un homme qui vous offre du chocolat et qui raconte des histoires absurdes, c'est bizarre. Émile éprouva le désir, pour faire diversion, de prendre son enveloppe, mais il n'osait pas dans le compartiment. Lorsque le train se remit en marche il gagna les toilettes ; là, il tira l'enveloppe de sa poche et compta son argent — le compte y était toujours. Mais il ne savait qu'en faire. Enfin une idée lui vint. Il prit une épingle qu'il trouva sur son veston, la piqua dans les trois billets, puis dans l'enveloppe, puis enfin dans la doublure de son vêtement. C'est-à-dire qu'il épingla solidement son argent. Ainsi, songea-t-il, il ne peut rien m'arriver. Puis il rentra dans le compartiment.

M. Grundeis, installé confortablement dans un coin, dormait. Émile était content de ne pas avoir à soutenir une conversation et il regarda par la fenêtre. Des arbres, des ailes de moulins à vent, des champs, des usines, des troupeaux de vaches, des paysans défilaient devant lui. Et c'était très curieux de voir tout cela tourner presque comme sur un disque. Mais tout de même on ne peut pas rester des heures à regarder par la fenêtre.

M. Grundeis continuait à dormir et ronflait légèrement. Émile aurait bien volontiers remué un peu, mais il craignait de réveiller son vis-à-vis, et c'est justement ce qu'il ne voulait pas. Alors il se carra dans le coin opposé du compartiment et considéra le dormeur. Pourquoi cet homme gardait-il toujours son chapeau sur la tête ? Quelle longue figure il avait, avec une petite moustache fine et noire et tant de plis autour de la bouche ! Ses oreilles étaient très minces et très écartées.

Mon Dieu ! Émile sursauta et demeura plein d'effroi. Il avait failli s'endormir ! Et il ne le fallait pas, sous aucun prétexte ! Si, au moins, quelque nouveau voyageur pouvait monter ! Le

Là-dessus, il s'endormit.

train s'arrêta deux ou trois fois, mais personne ne monta. Il était à peine quatre heures, et Émile avait encore deux heures de voyage en perspective. Il se pinça la jambe ; c'était une grande ressource en classe pendant la leçon d'histoire de M. Bremser.

Tout alla très bien pendant quelques instants. Émile pensa à Pony Bibi, et se demanda comment elle était à présent. Il ne pouvait plus du tout se souvenir de son visage. Il se rappelait seulement que, à sa dernière visite — lorsqu'elle était venue à Neustadt avec grand-mère et tante Martha —, elle avait voulu boxer avec lui. Mais il s'y était refusé car elle était poids-plume, tandis qu'il était au moins un mi-lourd. Le combat eût été déloyal, lui avait-il alors expliqué, et un « uppercut » de lui l'eût réduite en bouillie. Mais elle ne lui avait laissé la paix que sur une intervention de tante Martha.

Bon ! Il avait failli tomber de la banquette. S'était-il de nouveau endormi ? Il se pinça et repinça la jambe. Cette malheureuse jambe devait être déjà couverte de noirs et de bleus, et cependant cela ne servait à rien !

Il essaya de compter les boutons de la banquette. Il compta d'abord du haut en bas, puis ensuite du bas en haut. De haut en bas il y avait vingt-trois boutons ; de bas en haut il y en avait vingt-quatre. Émile s'appuya au dossier du compartiment, et réfléchit à cette singularité.

Là-dessus, il s'endormit.

Chapitre 4

Un rêve dans lequel on court beaucoup

Émile eut tout à coup l'impression que le train tournait en rond, comme le font les petits trains avec lesquels les enfants jouent à la maison. Il regarda par la fenêtre et trouva cela très étrange. Le rond se rétrécissait toujours ; la locomotive se rapprochait toujours davantage du dernier wagon. Et elle avait vraiment l'air de le faire exprès. Le train tournait et retournait sur lui-même comme un chien qui cherche à se mordre la queue. Et au milieu de cette ronde folle et frénétique, il y avait des arbres, un moulin de verre, et une grande maison à deux cents étages.

Émile voulut regarder l'heure et tira sa montre de sa poche. Il tirait, tirait et enfin apparut la pendule de la chambre de sa mère. Il regarda le cadran sur lequel il lut : « Cent quatre-vingt-cinq heures au kilomètre. Défense, sous peine de mort, de cracher sur le plancher. » Il regarda de nouveau par la fenêtre. La locomotive s'était encore rapprochée du dernier wagon. Émile avait très peur. Car si la locomotive heurtait la dernière voiture, il y aurait un accident. C'était clair. Émile ne voulait à aucun prix attendre cette éventualité. Il ouvrit la portière, descendit et se mit à courir le long des rails. Peut-être le mécanicien s'était-il endormi ? Tout en courant, Émile jetait un coup d'œil à l'intérieur des compartiments. Il n'y avait personne. Le train était vide. Émile n'aperçut qu'un seul homme. Il avait un chapeau melon en chocolat ; il cassa un morceau du bord de son chapeau et l'avala. Émile frappa à la vitre et lui montra la loco-motive. Mais l'homme se contenta de rire, cassa encore un morceau de chocolat, et se frotta l'estomac avec complaisance.

Enfin Émile atteignit le tender. Et d'un bond énergique il arriva jusqu'au conducteur de la locomotive. Celui-ci, perché sur son siège, faisait claquer son fouet et tenait des guides, comme si des chevaux eussent été attelés à la locomotive ! Et c'était bien cela ! Neuf chevaux tiraient le train ; ils avaient des patins à roulettes en argent sous leurs sabots, et chantaient en glissant sur les rails : « Courons, courons, il faut sortir de la ville ! »

Émile secoua le cocher et lui cria : « Arrêtez ! ou c'est la catastrophe ! » Il s'aperçut alors que le cocher n'était autre que M. Jeschke, le gendarme.

Celui-ci jeta sur Émile un regard pénétrant et l'interpella : « Quels étaient les autres garçons ? Qui a barbouillé le visage du Grand-Duc Charles ?

— Moi, dit Émile.

— Qui était avec toi ?

— Je ne vous le dirai pas.

— Alors nous continuerons à tourner en rond ! »

Et le gendarme Jeschke fouetta ses chevaux, qui se cabrèrent et se mirent à courir plus vite que jamais sur la dernière voiture. Dans celle-ci se trouvait Mme Jacob, qui brandissait ses chaussures, et qui avait une peur affreuse parce que déjà les chevaux cherchaient à happer ses orteils.

« Je vous donnerai vingt marks, monsieur le Gendarme, dit Émile.

— Ne dis donc pas de bêtises ! » cria Jeschke ; et avec son fouet il frappait les chevaux comme un fou.

Alors Émile n'y tint plus et sauta du train. Il fit vingt culbutes, le long de la rampe, mais sans se faire de mal. Il se releva et chercha le train. Celui-ci s'était arrêté et les neuf chevaux tournaient la tête vers Émile. Le gendarme

Jeschke, descendu de son siège, fouettait les chevaux et hurlait : « Hue ! Allez ! Courez après lui ! » Alors les neuf chevaux sortirent des rails et bondirent sur Émile ; les wagons sautaient comme des balles de caoutchouc.

Sans perdre son temps en réflexions, Émile se mit à courir de toutes ses forces, à travers une prairie, le long d'une rangée d'arbres, par-dessus un ruisseau, dans la direction du gratte-ciel. Il se retournait de temps à autre ; sans s'arrêter le train courait derrière lui dans un fracas de tonnerre. Les arbres furent piétinés et réduits en miettes par les chevaux. Seul un chêne gigantesque resta debout ; sur ses branches supé-rieures, la grosse Mme Jacob était assise ; le vent la balançait. Elle peurait et ne retrouvait pas sa chaussure. Émile continuait à courir.

La maison de deux cents étages avait un grand porche noir. Émile s'y précipita, traversa la maison, et ressortit du côté opposé. Le train le suivit. Émile aurait bien voulu s'asseoir dans un coin et dormir, car il était affreusement fatigué et tremblait de tous ses membres. Mais il ne devait pas s'endormir ! Déjà le train grondait dans la maison.

Émile aperçut une échelle de fer. Elle montait jusqu'au toit. Il commença à grimper : il était heureusement très fort en gymnastique. Tout en montant il comptait les étages. Au cinquantième il osa se retourner. Les arbres étaient devenus

Émile se mit à courir de toutes ses forces.

minuscules et l'on reconnaissait à peine le moulin
de verre. Mais, oh ! frayeur ! le train grimpait
aussi sur la maison. Émile monta plus haut. Et
le train tanguait et courait sur les échelons
comme s'ils eussent été des rails.

55

Cent étages. Cent vingt étages. Cent quarante étages. Cent soixante étages. Cent quatre-vingts étages. Cent quatre-vingt-dix étages. Deux cents étages ! Émile était sur le toit et ne savait plus que faire. Déjà il entendait le souffle des chevaux. L'enfant courut à l'extrémité du toit, sortit son mouchoir de sa poche et le déplia. Lorsque les chevaux couverts de sueur, et suivis du train, arrivèrent au bord du toit, Émile éleva son mouchoir au-dessus de sa tête et sauta dans le vide. Il entendit encore le train écraser les cheminées, puis l'espace d'un instant il perdit le sens de l'ouïe et de la vue.

Et puis patatras ! Il tomba sur une prairie.

Fatigué, il resta d'abord étendu, les yeux fermés, et il avait grande envie de s'abandonner à un beau rêve. Mais comme il n'était pas encore tout à fait rassuré, il jeta un coup d'œil sur le sommet de la grande maison ; il aperçut les neuf chevaux en train d'ouvrir des parapluies ; le gendarme Jeschke en avait un aussi, avec lequel il poussait ses bêtes. Les chevaux se mirent sur leurs pattes de derrière, prirent un élan et sautèrent dans le vide ; le train naviguait vers la prairie et devenait de plus en plus grand.

Émile se releva d'un bond, traversa le pré en courant et se dirigea vers le moulin de verre. Le moulin était transparent. Émile put apercevoir sa mère en train de laver les cheveux de Mme Augustin. « Dieu soit loué ! » se dit-il, et il se précipita dans le moulin par la porte de derrière.

« Petite mère ! s'écria-t-il, qu'est-ce que je dois faire ?

— Qu'y a-t-il, mon garçon ? demanda la mère en continuant son travail.

— Regarde donc dehors ! »

Mme Tischbein leva les yeux, et aperçut les chevaux et le train qui abordaient justement sur la prairie et se précipitaient sur le moulin.

« Mais c'est le gendarme Jeschke, dit la mère en secouant la tête d'un air étonné.

— Il court après moi, comme un fou, depuis longtemps !

— Qu'as-tu donc fait ?

— Il y a quelques jours, j'ai barbouillé de rouge le nez du Grand-Duc Charles-à-figure-de-travers, sur la place du Marché, et je lui ai dessiné une moustache sur la figure.

— Oui, et où fallait-il donc la lui mettre ? demanda Mme Augustin en éclatant de rire.

— Nulle part, madame Augustin. Mais ce n'est pas ça le pire. Le gendarme voulait aussi savoir les noms des camarades qui étaient avec moi. Et je ne peux pas les lui dire : c'est un point d'honneur.

— Émile a raison, dit la mère. Mais qu'allons-nous faire ?

— Mettez donc le moteur en marche, chère madame Tischbein », dit Mme Augustin.

La mère d'Émile appuya sur un levier à côté de la table, et les quatre ailes du moulin se mirent à tourner ; comme elles étaient en verre et que le soleil tapait dessus, elles étincelaient et brillaient tellement qu'on pouvait à peine les regarder. Lorsque les neuf chevaux arrivèrent, suivis de leur train, ils prirent peur. Cabrés, ils ne voulaient plus avancer d'un pas. On entendit, à travers les parois de verre, les jurons du gendarme. Mais les chevaux ne bougeaient pas.

« Là, et maintenant vous allez pouvoir tranquillement finir de me laver les cheveux, dit Mme Augustin. Votre garçon ne court plus aucun danger. »

Mme Tischbein revint alors à son travail. Émile s'assit sur une chaise en verre, et se mit à siffler. Il rit tout à coup et déclara :

« C'est merveilleux ! Si j'avais su que tu étais ici, je n'aurais pas commencé par grimper sur cette diable de maison.

— J'espère que tu n'as pas déchiré ton costume ! » répondit sa mère. Puis elle demanda : « As-tu fait attention à ton argent ? »

A ces mots, Émile sursauta et, avec un fracas terrible, il tomba de sa chaise.

Il était réveillé.

Chapitre 5

Émile descend
en cours de route

Le train se remit en marche au moment même
où Émile s'éveilla ; pendant son sommeil il était
tombé de la banquette, et il se retrouva, très
effrayé, sur le plancher. Il ne comprenait pas
encore pourquoi. Son cœur battait tel un soufflet
de forge. Accroupi dans son compartiment, il
oubliait presque où il était. La mémoire lui revint
partiellement. Mais oui, il allait à Berlin, et il
s'était endormi. Comme le monsieur au chapeau
melon gris...

D'un bond, Émile se redressa, droit comme
un I, et il murmura : « Mais il est parti ! » Ses
genoux commencèrent à trembler ; lentement,
il se mit debout, et machinalement remit son

costume en ordre. Puis une autre pensée lui vint : « L'argent est-il toujours à sa place ? » Et il ressentit devant cette question une indescriptible angoisse.

Un long moment il resta appuyé contre la portière sans oser bouger. Là-bas, cet homme, ce Grundeis, tout à l'heure assis dans un coin, et qui ronflait en dormant... Maintenant il n'était plus là. Ce n'était pas une raison pour douter de tout. C'était un peu stupide de penser tout de suite : tous les voyageurs n'allaient pas forcément à Berlin parce qu'Émile y allait. Et certainement son argent était toujours à sa place. N'était-il pas bien caché, premièrement dans une poche, puis dans une enveloppe et enfin attachée avec une épingle à la doublure ? Lentement, Émile glissa une main dans sa poche intérieure droite.

La poche était vide ! L'argent avait disparu !

De la main gauche, Émile retourna sa poche ; de la main droite, il tâtait l'extérieur de son veston. Rien ! La poche était vide, l'argent envolé !

« Aïe ! » Émile retira la main de sa poche. Et il en retira en même temps l'épingle qui avait servi à fixer les billets. Il ne restait plus qu'elle ! Et elle était à présent enfoncée dans son index qui commença de saigner.

Avec son mouchoir il banda son doigt et se mit à pleurer ; ce n'était pas pour un peu de sang qu'il pleurait, bien entendu. Quinze jours

La poche était vide !

auparavant, il s'était presque assommé, en tombant sur un réverbère; il en avait encore une bosse sur le front, et cependant il n'avait pas poussé un cri.

Il pleurait son argent; et il pleurait à cause de sa mère. Celui qui ne comprendra pas cela, si brave soi-il, est bien à plaindre. Émile savait combien sa mère avait peiné, pendant des mois, pour épargner ces cent quarante marks, et l'envoyer à Berlin. Et maintenant, à peine monsieur son fils était-il dans le train, qu'il s'installait dans un coin, s'endormait, rêvait des absurdités

61

et se laissait voler son argent par un filou!
Et il n'en aurait pas pleuré! Qu'allait-il faire?
Descendre à Berlin et dire à sa grand-mère:
« Me voilà. Mais, tu sais, tu n'auras pas ton
argent. Donne-moi plutôt vite de quoi payer
mon billet pour que je retourne à Neustadt.
Autrement il faut que je rentre à pied »?

C'était admirable vraiment! Sa mère avait
économisé inutilement. Sa grand-mère n'aurait
pas un sou! Lui-même ne pouvait plus rester à
Berlin! Et il n'avait pas de quoi revenir à la
maison! Tout cela à cause d'un filou qui offrait
du chocolat aux enfants et qui faisait semblant
de dormir pour mieux les voler. Misère! Quel
triste monde!

Émile avala ses larmes et considéra la situation. S'il tirait la sonnette d'alarme, le train
s'arrêterait aussitôt, un employé arriverait, bientôt suivi d'un second, puis d'un troisième; tous
demanderaient:

« Qu'est-ce qu'il y a?

— On m'a volé mon argent, répondrait-il.

— Une autre fois tu feras plus attention!
Comment t'appelles-tu? Où habites-tu? Ça
coûte cent marks de tirer la sonnette d'alarme.
On t'enverra la note. »

Dans les express, on peut au moins circuler
dans le couloir d'un bout à l'autre du train, et
se plaindre à quelqu'un du vol dont on a été
victime. Mais ici! Dans un pareil omnibus! Il

fallait se résigner à attendre la prochaine station, et pendant ce temps, l'homme au chapeau melon pouvait aller au diable. Émile ne savait seulement pas à quelle station le bandit était descendu. Quelle heure était-il ? Quand arriverait-on à Berlin ? Derrière les vitres du train défilaient de hautes maisons, et des villas aux jardins bariolés, puis de hautes cheminées d'un rouge sale. Sans doute était-ce déjà Berlin. A la prochaine station, Émile appellerait l'employé et lui raconterait son histoire ; immédiatement, celui-ci la transmettrait à la police.

Mais alors ! Il aurait de nouveau affaire avec la police. Et cette fois-ci le gendarme ne pourrait plus garder le silence ; il serait obligé de dire : « Décidément, cet élève de l'école professionnelle, Émile Tischbein, ne me plaît pas. Il barbouille les monuments respectables. Puis il se laisse voler cent quarante marks. Qui sait d'ailleurs si on les lui a volés ? Celui qui est capable de barbouiller les monuments publics est bien capable aussi de mentir ; j'ai une vieille expérience. Sans doute a-t-il enterré son argent dans les bois, pour pouvoir s'enfuir en Amérique ? A quoi bon courir après le voleur ! Le voleur, c'est Tischbein lui-même. S'il vous plaît, arrêtez-le donc, monsieur l'agent ! »

Tout cela était affreux. Émile ne pouvait même pas se confier à la police.

Il retira sa valise du filet, mit sa casquette,

piqua de nouveau l'épingle au revers de son veston et se prépara à descendre. Il n'avait qu'une idée de ce qu'il allait faire ; mais il lui était impossible de rester cinq minutes de plus dans ce compartiment : c'était la seule chose certaine.

Le train ralentissait sa marche. Émile aperçut une grande quantité de rails luisants, puis on longea les quais d'une gare. Quelques porteurs, avides de gagner un peu d'argent, couraient à côté des wagons.

Émile regarda par la fenêtre et aperçut tout en l'air un grand écriteau. Il y avait dessus : Jardin zoologique. Les portières s'ouvrirent ; beaucoup de gens descendirent du train. Ceux qui les attendaient sur le quai ouvraient joyeusement les bras.

Émile se pencha à la portière ; il cherchait le chef de train. Tout à coup, il aperçut à une certaine distance, et perdu dans la foule, un chapeau melon. Si c'était son voleur ? Peut-être n'était-il pas descendu après avoir commis son larcin, et n'avait-il que changé de voiture ?

En une seconde, Émile fut sur le quai. Il y déposa sa valise, remonta dans le compartiment, car il avait oublié les fleurs dans le filet, redescendit, saisit vigoureusement son bagage, le leva bien haut et courut de toutes ses forces vers la sortie.

Qu'était devenu le chapeau melon ? Émile trébuchait sur les gens, les cognait avec sa valise, et courait toujours. La foule de plus en plus compacte devenait impénétrable.

Ah ! Voici là-bas le chapeau melon ! Mon Dieu ! Encore un autre ! Émile pouvait à peine tirer sa valise. Il aurait bien voulu la poser et la laisser. Mais on la lui aurait aussi volée.

Enfin, il parvint à se glisser tout contre un chapeau melon. Était-ce le sien ? Pourquoi pas ?

Non.

Et l'autre là-bas ?

Non. L'homme était trop petit.

Émile se faufilait comme un Indien à travers cette masse humaine.

Là-bas ! Là-bas !

C'était son voleur ! Dieu soit loué ! C'était bien Grundeis. Il franchissait justement la barrière et paraissait très pressé.

« Attends un peu, canaille, murmura Émile, je vais t'attraper ! » Il donna son billet, changea sa valise de main, serra le bouquet de fleurs sous son bras droit, et derrière l'homme descendit l'escalier en courant.

C'était l'instant décisif !

Chapitre 6

La ligne de tramway 177

Émile eût préféré courir après son voleur, se poster devant lui et lui dire : « Rendez-moi mon argent ! » Mais il était peu probable que celui-ci eût répondu : « Très volontiers, mon enfant. Le voilà. Et je ne recommencerai pas. » Les choses n'étaient pas si simples que cela. Le plus important, pour le moment, c'était de ne pas perdre l'homme de vue.

Émile se dissimulait derrière une grosse dame, et il jetait un coup d'œil, tantôt à droite, tantôt à gauche, pour s'assurer que l'autre était toujours visible et ne s'enfuyait pas au pas gymnastique. Le coquin s'arrêta à la porte de la gare, regarda autour de lui et dévisagea les gens qui se pressaient derrière lui comme s'il eût cherché quelqu'un. Émile, en s'approchant de la sortie, se serrait de plus en plus contre la grosse dame. Qu'allait-il arriver ? Il faudrait passer devant l'homme, dans un instant ; son manège secret serait découvert. La grosse dame consentirait-elle à lui venir en aide ? Mais elle ne le croirait certainement pas. Et le voleur dirait : « Permettez, madame ! Croyez-vous que j'ai besoin de voler les enfants ? » Alors tout le monde regarderait l'enfant et crierait : « C'est le comble ! Calomnier une grande personne ! Non, vraiment, la jeunesse d'aujourd'hui est trop impudente ! » Les dents d'Émile commençaient à claquer.

Heureusement, l'homme tourna la tête et gagna la rue. Avec la rapidité de l'éclair, Émile se posta derrière la porte, posa sa valise à terre et regarda à travers la vitre grillagée. Bon Dieu ! Qu'il avait mal au bras !

Le voleur descendait lentement la rue ; il jeta encore un coup d'œil derrière lui et continua son chemin assez tranquillement.

Un tramway, portant le numéro 177, arrivait par la rue de gauche et s'arrêta. L'homme hésita une seconde, puis monta dans la première voiture et s'assit à côté d'une fenêtre.

Émile empoigna de nouveau sa valise et, tête baissée, franchit la porte, traversa le hall, trouva une autre porte, descendit la rue en courant, et atteignit la baladeuse, par-derrière, au moment

où le tramway s'ébranlait. Il jeta sa valise à l'intérieur, grimpa ensuite, poussa le bagage dans un coin, et s'assit dessus pour reprendre souffle. Jusqu'ici tout allait bien !

Mais après ? Si l'autre descendait entre deux stations, on pouvait considérer l'argent comme perdu. Il était impossible de descendre en mar-

*Que de tramways, de voitures,
d'autobus à impériale !*

che avec une valise. Ce serait trop dangereux.

Ces autos ! Elles glissaient si vite à côté du tramway ! Elles bondissaient, cornaient, lançaient des signaux rouges à droite et à gauche, tournaient ; d'autres les suivaient. Quel bruit ! Et que de monde sur les trottoirs ! Et de tous les côtés que de tramways, de voitures, d'autobus à impériales ! A tous les coins de rue, des marchands de journaux ! Des devantures splendides avec des étalages de fleurs, de fruits, de livres, de montres en or, de vêtements, et de linge de soie. Et de hautes, si hautes maisons !

Ainsi donc c'était là Berlin.

Émile aurait bien volontiers considéré ce spectacle tout à son aise. Mais il n'en avait pas le temps. Dans la première voiture se trouvait l'homme qui détenait son argent ; cet homme à chaque instant pouvait descendre et se perdre dans la foule. Et il n'y aurait plus d'espoir. Impossible de retrouver quelqu'un là-bas au milieu de ces voitures, de cette foule, et de ces autobus. Émile se pencha. Le coquin ne s'était-il pas déjà sauvé ? Mais alors Émile, dans ce tramway, se laissait emporter sans savoir où, sans savoir pourquoi ; et sa grand-mère, pendant ce temps, l'attendait à la gare de Friedrichstrasse, devant le kiosque de la fleuriste, et elle ne se doutait pas, certes, que son petit-fils, en grand souci, traversait Berlin, sur la ligne du 177. C'était à en devenir fou !

Le tramway arriva au premier arrêt. Émile ne quittait pas des yeux la motrice. Personne n'en sortit. Mais beaucoup de nouveaux voyageurs s'entassèrent dans les deux voitures. Émile fut bousculé : un monsieur se fâcha parce qu'en se penchant il encombrait l'entrée.

« Tu ne vois donc pas que les gens veulent monter ? » grogna-t-il. Le contrôleur, qui donnait les billets à l'intérieur, tira un cordon. Une sonnerie retentit. Le tramway reprit sa course. Émile regagna son coin ; on l'écrasait, on lui marchait sur les pieds ; et tout à coup, avec effroi, il songea : « Mais je n'ai pas d'argent ! Quand le contrôleur va revenir, il faudra que je prenne un ticket. Si je ne peux pas le payer il va me faire descendre. En ce cas, je suis perdu. »

Il examina ses voisins. Peut-être pouvait-il en tirer un par la manche et lui dire : « Voulez-vous me prêter l'argent de mon billet ? » Ah ! ils avaient tous des physionomies si sévères ! L'un lisait son journal. Deux autres s'entretenaient d'un vol très important qui avait eu lieu dans une banque.

« Ils ont creusé un véritable puits, racontait le premier ; ils y sont descendus et ils ont déménagé tous les coffres-forts. Le vol paraît s'élever à plusieurs millions.

— Il va être extrêmement difficile d'établir ce que contenait chacun des coffres, dit le deuxième, car les gens qui en louent ne sont pas obligés de donner à la banque des renseignements sur leurs dépôts.

— Évidemment. Plus d'un va prétendre avoir enfermé pour plusieurs millions de diamants, qui n'avait en réalité mis dans son coffre qu'un tas de papiers sans valeur, ou une douzaine de cuillers en métal blanc. »

Et les deux hommes se mirent à rire.

« C'est exactement ce qui pourrait m'arriver, songeait Émile tristement. Si je raconte que M. Grundeis m'a volé cent quarante marks, personne ne me croira. Le voleur déclarera que je suis un menteur et qu'il n'y avait dans ma poche que trois marks cinquante. Quelle histoire ! »

Le contrôleur se rapprochait de la porte. Sur le seuil il cria : « Qui n'a pas son billet ? »

Il détachait d'un bloc de grands billets blancs et faisait un trou dedans à l'aide d'un poinçon. Les gens de la plate-forme lui tendaient l'argent et recevaient un billet.

« Et toi ? demanda-t-il à Émile.

— J'ai perdu mon argent, monsieur le contrôleur... » répondit le jeune garçon.

Personne n'aurait ajouté foi à son histoire de vol.

« Perdu ton argent ? Je la connais, celle-là ! Et où vas-tu ?

— Je... je ne sais pas encore, marmotta Émile.

— Bon. Eh bien, descends à la prochaine

station, et tâche de savoir d'abord où tu veux aller.

— Non, c'est impossible. Il faut absolument que je reste là, monsieur le contrôleur. Je vous en prie !

— Quand je te dis de descendre, tu dois descendre ! C'est compris ?

— Donnez un billet à ce garçon », dit le monsieur qui lisait son journal, et il tendit de l'argent au contrôleur. Le contrôleur donna un billet à Émile et expliqua au monsieur : « Si vous saviez combien de ces gosses montent tous les jours dans le tramway et prétendent avoir oublié leur argent. Et après ils se moquent de nous dans notre dos.

« Quand je te dis de descendre, tu dois descendre ! »

— Celui-là ne se moquera pas de nous »,
répondit le monsieur.

Le contrôleur rentra dans l'intérieur de la
voiture.

« Je vous remercie beaucoup, beaucoup ! monsieur, dit Émile.

— Je t'en prie, il n'y a pas de quoi », répondit
le monsieur qui se replongea dans son journal.

De nouveau, le tramway s'arrêta. Émile se
pencha pour voir si son homme descendait.
Il ne l'aperçut pas.

« Puis-je vous demander votre adresse ? dit-il
au monsieur.

— Pour quoi faire ?

— Afin que je vous rende l'argent dès que
j'en aurai un peu. Je vais rester peut-être une
semaine à Berlin, et je passerai bien devant chez
vous. Je m'appelle Tischbein, Émile Tischbein
de Neustadt.

— Non, répondit le monsieur. Je te fais
cadeau de ton billet. Veux-tu encore quelque
chose ?

— Jamais de la vie ! dit Émile avec fermeté.
Je n'accepterai plus rien.

— Comme tu voudras. » Et le monsieur reprit
son journal.

Le tramway repartit, s'arrêta encore, et repartit. Émile lut le nom d'une belle et large avenue ;
c'était la Kaiserallee. Il continuait sa route sans
savoir où il allait. Un voleur était assis là, dans

74

la voiture d'avant. Peut-être y avait-il encore bien d'autres voleurs dans ce tramway. Personne ne se souciait d'Émile. Un étranger lui avait fait cadeau de son billet, mais déjà cet étranger ne pensait plus qu'à son journal.

La ville était bien grande et Émile était si petit ! Personne ne lui demandait pourquoi il n'avait pas d'argent, et pourquoi il ne savait pas où il allait. Berlin comptait quatre millions d'habitants : pas un ne s'intéressait à Émile Tischbein. Personne ne veut rien savoir du souci des autres : chacun a bien assez à faire avec ses propres soucis ou ses propres joies. Si même quelqu'un vous répond : « Cela me fait vraiment de la peine », au fond il pense surtout, en général : « Laissez-moi donc tranquille ! »

Qu'allait-il arriver ? Émile respirait péniblement. Et il se sentait seul, bien seul.

Chapitre 7

Grande effervescence
rue Schumann

Tandis qu'Émile roulait dans le tramway 177, qu'il longeait la Kaiserallee, sans savoir où il allait aboutir, sa grand-mère et Pony Bibi, sa cousine, l'attendaient à la gare de Friedrichstrasse. Elles s'étaient postées, comme convenu, devant le kiosque à fleurs, et elles regardaient l'heure constamment. Elles virent passer beaucoup de voyageurs. Et des malles, et des caisses, et des valises, et des sacs, et des bouquets de fleurs. Mais Émile n'était pas parmi eux.

« Il a beaucoup grandi, sans doute ? » demanda Pony Bibi en poussant sa petite bicyclette nickelée de droite et de gauche. Il avait été d'abord convenu qu'elle ne l'emporterait pas. Mais elle avait tant et si bien ronchonné que sa grand-mère avait fini par lui dire : « Emporte-la, tête de mule ! » Sur quoi la tête de mule retrouva sa bonne humeur ; elle jouissait à l'avance des regards émerveillés qu'Émile allait jeter sur sa bicyclette : « Il va la trouver drôlement belle ! » se disait-elle, et elle était sûre de son affaire.

La grand-mère commença à manifester de l'inquiétude : « Je me demande ce que cela veut dire. Voilà qu'il est déjà dix-huit heures quarante. Le train devrait être arrivé depuis longtemps. »

Elles patientèrent encore quelques minutes. Puis la grand-mère envoya la petite-fille aux renseignements.

Pony Bibi naturellement prit sa bicyclette.

« Pouvez-vous me dire, monsieur l'Inspecteur, où se trouve le train de Neustadt ? demandat-elle à l'employé qui, à l'entrée du quai et armé d'un poinçon, veillait à ce que chaque voyageur passant devant lui présentât un billet.

— Neustadt ? Neustadt ? répéta-t-il, ah ! oui, le train de dix-huit heures dix-sept ! Il est arrivé depuis longtemps.

— Ah ! quel ennui ! Nous attendons mon cousin Émile, là-bas devant le kiosque à fleurs.

— J'en suis ravi, dit l'homme.

— Pourquoi êtes-vous ravi, monsieur l'Inspecteur ? » demanda Pony intriguée, et elle se mit à jouer avec la sonnette de sa bicyclette.

L'employé ne répondit pas et tourna le dos à l'enfant.

« Eh bien, vous êtes un drôle de type, dit Pony vexée ; adieu ! »

Quelques personnes se mirent à rire. L'employé furieux se mordit la lèvre. Et Pony Bibi, la tête haute, retourna vers le kiosque de la fleuriste.

« *Qu'a-t-il bien pu lui arriver ?* » dit la vieille dame.

« Le train est en gare depuis longtemps, grand-mère !

— Qu'a-t-il pu lui arriver ? dit la vieille dame. S'il n'avait pu partir, sa mère m'aurait envoyé une dépêche. Il s'est peut-être trompé à la descente du train. Mais nous nous étions cependant bien expliqués dans la lettre.

— Cela n'aurait rien d'étonnant, assura Pony, faisant l'importante. Il s'est certainement trompé à la descente. Ces garçons sont tellement étourdis. Veux-tu parier que j'ai raison ? »

Et comme il n'y avait rien d'autre à faire, elles recommencèrent à attendre. Cinq minutes passèrent.

Puis cinq minutes encore.

« Ça n'a plus aucun intérêt vraiment, dit Pony à sa grand-mère ; nous ne pouvons prendre racine ici. Y a-t-il un autre kiosque à fleurs ?

— Vas-y voir. Mais ne reste pas trop long-temps. »

Bibi avec sa bicyclette inspecta la cour de la gare. Il n'y avait ancun autre kiosque à fleurs. Elle interrogea encore deux contrôleurs et revint très fière auprès de sa grand-mère.

« Non, dit-elle, il n'y a pas d'autre kiosque. Ce serait d'ailleurs étrange ! Qu'est-ce que je voulais dire encore ? Ah ! oui... Le prochain train de Neustadt arrive à vingt heures trente-trois... c'est-à-dire un peu après huit heures et demie. Nous n'avons plus à présent qu'à rentrer à la maison. A huit heures exactement je me remettrai en route avec ma bicyclette, et s'il n'arrive pas cette fois-là, il prendra quelque chose...

— Exprime-toi plus convenablement, Pony, voyons !

— Je lui laverai la tête si tu aimes mieux, grand-mère. »

La grand-mère avait un visage soucieux et secouait la tête.

« Toute cette histoire ne me plaît pas ! Elle ne me plaît pas », dit-elle. Quand elle était agitée, elle répétait deux fois les mêmes phrases.

Elles revinrent lentement à la maison. En chemin, sur le pont Weidendamm, Pony Bibi proposa :

« Veux-tu t'asseoir sur mon guidon, grand-mère ?

— Tais-toi donc !

— Mais pourquoi ? Tu n'es pas plus lourde qu'Arthur Zicklers. Il s'y assied souvent.

— Si cela arrive encore une seule fois, ton père te prendra ta bicyclette pour toujours.

— Mon Dieu ! On ne peut rien vous raconter à vous autres », grogna Pony.

Leur arrivée à la maison — 15, rue Schumann — chez les parents de Pony, qui s'appelaient Heimbold, suscita une grande agitation. Tout le monde se demandait où était Émile.

Le père conseilla de télégraphier à la mère d'Émile.

« Bonté divine ! répondit sa femme, la mère de Pony. Mais elle s'inquiéterait terriblement ! Non, nous retournerons encore une fois à la gare vers huit heures. Il arrivera peut-être par le prochain train.

— Espérons-le, gémit la grand-mère, mais c'est plus fort que moi : cette histoire ne me dit rien qui vaille, rien qui vaille !

— Cette histoire ne me dit rien qui vaille », répéta Pony Bibi en secouant sa petite tête d'un air songeur.

Chapitre 8

Où apparaît
le jeune homme
à la trompe de bicyclette

Au coin de la Kaiserallee et de la rue Trautenau, l'homme au chapeau melon descendit du tramway. Émile l'aperçut, saisit sa valise et son bouquet de fleurs, dit au monsieur qui lisait son journal : « Je vous remercie encore infiniment, monsieur ! » et il descendit vivement.

Le voleur passa devant la motrice, traversa les rails, et gagna le trottoir opposé. Le tramway s'en alla, laissant la rue libre, et Émile remarqua que son homme, après un instant d'hésitation, se dirigeait vers la terrasse d'un café.

Il s'agissait maintenant d'être prudent. Comme un vrai détective, Émile s'orienta rapidement ; apercevant au coin de la rue un kiosque à journaux, il courut se cacher derrière. La cachette était de premier ordre, entre le kiosque et une colonne Morris. Émile posa sa valise, enleva sa casquette et s'épongea le front.

L'homme s'était assis à la terrasse du café, à la première rangée de tables ; il fumait une cigarette et paraissait ravi. Émile trouva odieux que le voleur fût si ravi tandis que le volé était dans le souci. Mais qu'y faire ?

Au fond, quel sens cela avait-il de se cacher derrière ce kiosque à journaux comme s'il eût été lui-même le voleur ? Était-il bien avancé de savoir l'homme assis au café Josty, dans la Kaiserallee, en train de boire de la bière blonde et de fumer une cigarette ? Si le coquin se levait, il faudrait recommencer à le poursuivre. Et si au contraire il choisissait de ne pas bouger, Émile serait obligé de rester planté là, derrière le kiosque, au besoin jusqu'à ce que lui poussât une longue barbe grise. Il ne lui manquait plus vraiment que de voir surgir derrière lui un sergent de ville et de l'entendre dire : « Mon garçon, tes allures sont suspectes. Allez ! suis-moi sans résistance. Sinon je serai obligé de te passer les menottes. »

Tout à coup, retentit derrière Émile un violent son de trompe. D'effroi, il fit un bond de côté et, se retournant, il aperçut un jeune gamin qui riait en le regardant.

« Allons, vieux, te trouve pas mal ! dit le gamin.

— Qui est-ce qui vient de corner derrière moi ? demanda Émile.

— Eh ben, moi, mon vieux, naturellement ! Tu viens sans doute de ton village ? Sans cela tu saurais depuis longtemps que j'ai une trompe de bicyclette dans la poche de mon pantalon. Je suis connu comme le loup blanc ici.

— Et moi, je suis de Neustadt ; j'arrive de la gare.

— Ah ! oui... de Neustadt ? Ça se voit à ton costume !

— Retire ça tout de suite, toi ! Ou bien je t'en applique une que tu sentiras !

— Là... vieux..., dit l'autre, conciliant ; es-tu fâché ? Il fait trop beau aujourd'hui pour boxer. Mais... si tu y tiens...

— Nous remettrons cela à plus tard, expliqua Émile. Je n'ai pas le temps en ce moment. » Et il jeta un coup d'œil vers le café pour s'assurer que Grundeis y était toujours.

« J'aurais cru au contraire que tu en avais beaucoup. Monsieur s'installe avec sa valise et son bouquet de fleurs derrière le kiosque et joue tout seul à cache-cache ! Il faut avoir à ce jeu-là un bon bout de temps à perdre.

— Non, dit Émile, je surveille un voleur.

— Quoi ? J'ai bien entendu : un voleur ? Et qui a-t-il donc volé ?

— Moi ! dit Émile qui se sentit très fier. Dans le train. Pendant que je dormais. Cent qua-

*Tout à coup, retentit derrière Émile
un violent coup de trompe.*

rante marks... que je devais remettre à ma grand-
mère à Berlin. Puis il a quitté le wagon après son
mauvais coup et il est descendu à la gare du Zoo.
Je l'ai suivi comme tu peux penser. Nous avons
pris le tramway. Et maintenant le voilà assis
là-bas à la terrasse de ce café, avec son chapeau
melon. Il paraît d'excellente humeur.

« — Eh bien, mon vieux, ça c'est merveilleux ! s'écria le gamin. Tout à fait comme au ciné ! Et qu'est-ce que tu comptes faire ?

— Aucune idée ! Rester toujours derrière lui. Pour le moment je ne vois pas plus loin.

— Préviens donc l'agent là-bas. Il l'arrêtera.

— Impossible. Chez nous à Neustadt je pourrais bien avoir des démêlés avec la justice. Peut-être même suis-je surveillé de près. Et si je...

— Compris, vieux !

— Et ma grand-mère m'attend à la gare de Friedrichstrasse. »

Le petit gars à la trompe de bicyclette resta songeur un instant. Puis il dit :

« Écoute, je trouve cette histoire épatante ! Parole d'honneur, épatante ! Et si ça ne t'ennuie pas, vieux, je vais t'aider.

— Je te serais tellement reconnaissant !

— Dis donc, pas de bêtises ! Ça va de soi, voyons ! Je m'appelle Gustave.

— Et moi Émile. »

Ils étaient enchantés l'un de l'autre et se donnèrent une bonne poignée de main.

« A l'ouvrage maintenant ! dit Gustave ; si nous ne faisons pas autre chose que piétiner ici, le bandit va nous échapper. As-tu encore un peu d'argent ?

— Pas un pfennig. »

Gustave appuya doucement sur sa trompe pour réveiller ses idées. Cela ne servit à rien.

« Si tu allais chercher un ou deux autres camarades ? proposa Émile.

— Fameuse idée, vieux ! s'écria Gustave enthousiasmé. Je n'ai qu'à siffler et à corner un peu dans les cours ; en un instant la boutique sera pleine.

— Vas-y, conseilla Émile. Mais reviens bien vite. Sinon notre coquin va s'enfuir de nouveau. Je devrai le suivre naturellement, et je serai à tous les diables quand tu reviendras.

— Compris, vieux. Je me dépêche. Compte sur moi. D'ailleurs, notre bandit est bien installé là-bas devant un tas de bonnes choses. Il en a encore pour un moment. Allons, au revoir, Émile ! Je suis à moitié fou de joie ! Ça va être une affaire du tonnerre ! »

Là-dessus, il s'esquiva.

Émile se sentait merveilleusement soulagé. La guigne reste la guigne évidemment, mais trouver quelques camarades qui se mettent volontairement de votre côté, ce n'est pas une mince consolation.

Il surveillait attentivement le voleur qui se gobergeait là-bas — sans doute avec les économies maternelles — et il n'avait qu'une inquiétude : si le bandit se levait et s'enfuyait, Gustave, sa troupe et tout le reste ne serviraient de rien.

Mais M. Grundeis lui fit le grand plaisir de rester à sa place. Évidemment s'il avait eu quelque soupçon de la conspiration qui se resserrait autour de lui comme les mailles d'un filet, il eût au moins commandé quelque machine volante. Car la situation devenait de plus en plus brûlante.

Au bout de dix minutes, Émile entendit de nouveau le son de la trompe. Il se retourna et aperçut deux douzaines de gamins au moins, qui, conduits par Gustave, venaient à grands pas par la rue Trautenau.

« Stop ! tout le monde ! Eh bien, qu'en dis-tu ? demanda Gustave, dont le visage rayonnait.

— C'est formidable ! dit Émile qui, pour manifester sa joie, lui envoya une bourrade.

— Mes amis ! Voici Émile de Neustadt. Je vous ai déjà raconté l'affaire. Là-bas, vous voyez, assis, le cochon qui lui a volé son argent. Celui de droite, sur le bord de la terrasse, avec le melon sur le crâne. S'il nous échappe, nous ne sommes que des crétins ! Compris ?

— Mais, Gustave, nous allons le coincer ! dit un gamin qui portait des lunettes.

— Celui-ci, c'est le Professeur », expliqua Gustave. Émile lui tendit la main.

Et toute la bande lui fut ensuite présentée à tour de rôle.

« A présent, dit le Professeur, il s'agit d'accélérer. Allons ! D'abord, amenez la monnaie ! »

Chacun donna ce qu'il possédait. Les piécettes tombaient dans la casquette d'Émile. On y vit même briller une pièce d'un mark. Elle venait d'un très petit gamin qui s'appelait Vendredi. Il sautait de joie et il fut autorisé à compter la somme réunie.

« Notre capital se monte à cinq marks soixante-quinze pfennigs, dit-il à ses auditeurs attentifs. Le mieux serait de partager cette somme entre trois de nous, pour le cas où nous serions obligés de nous séparer.

— Très bien », dit le Professeur. Émile et lui reçurent chacun deux marks, Gustave un mark soixante-quinze.

« Je vous remercie beaucoup, dit Émile ; quand nous l'aurons pris, je vous rendrai l'argent. Qu'allons-nous faire à présent ? J'aimerais bien d'abord déposer ma valise et mes fleurs quelque part. S'il faut reprendre ma course, tout cela m'encombre.

— Passe-moi ton saint-frusquin, mon vieux, dit Gustave. Je vais le porter tout de suite au café Josty. Je le laisserai au buffet, et, par la même occasion, je vais flairer un peu notre voleur.

— Sois prudent, observa le Professeur ; le gars n'a pas besoin de savoir que des détectives sont sur sa trace ; cela compliquerait la suite des opérations.

— Est-ce que tu me prends pour un idiot ? » marmonna Gustave. Et il s'en fut...

« Une belle tête photogénique, celle du monsieur ! dit-il quand il revint. Tes affaires sont en sécurité. Nous pourrons les reprendre quand ça nous conviendra.

— Il serait bon à présent, conseilla Émile, que nous tenions un conseil de guerre. Mais pas ici. Nous nous ferions remarquer.

— Allons sur la place Nikolsburger, proposa le Professeur. Deux d'entre nous vont rester ici, derrière le kiosque, pour s'assurer que le type ne nous brûle pas la politesse. Nous laisserons cinq ou six estafettes chargées de nous prévenir si c'était le cas ; et nous reviendrions alors au galop.

— Laisse-moi faire, vieux », s'écria Gustave. Et il commença à organiser le service. « Je reste ici aux avant-postes, dit-il à Émile. Ne t'inquiète pas, nous ne le laisserons pas filer. Et dépêchez-vous un peu vous autres. Il est déjà plus de sept heures. Faites vite, s'il vous plaît. »

Il plaça ses estafettes. Les autres, Émile et le Professeur en tête, gagnèrent la place Nikolsburger.

Chapitre 9

Les détectives
se rassemblent

Ils s'assirent sur les deux bancs peints en blanc de la promenade, et sur les petits arceaux de métal qui entourent le gazon. Les visages étaient graves. Le gamin que l'on appelait le Professeur avait de toute évidence attendu cette heure. D'un geste familier à son père, le juge, il tripota ses lunettes, et tout en allant et venant il exposa son programme. « Il est possible, commença-t-il, que nous soyons obligés pour des raisons pratiques de nous séparer. Nous aurons donc besoin d'un central téléphonique. Qui d'entre vous a le téléphone ? »

Douze gamins se levèrent.

« Et lequel d'entre vous a les parents les plus raisonnables ?

— Certainement moi ! s'écria le jeune Vendredi.

— Ton numéro de téléphone ?

— Bavaria 05-79.

— Voici du papier et un crayon. Krummbiegel, prépare vingt petits morceaux de papier,
et sur chacun tu écris le numéro de téléphone
de Vendredi. Bien lisiblement, n'est-ce pas. Et
tu nous en donneras un à chacun. Le central
téléphonique saura toujours où sont les détectives et sera au courant de ce qui se passe. Si
quelqu'un a besoin d'être renseigné, il n'aura
qu'à appeler le petit Vendredi.

— Mais je ne serai pas toujours à la maison,
dit le petit Vendredi.

— Si, tu y seras, répondit le Professeur. Aussitôt que nous aurons fini de tenir conseil ici, tu
rentreras et tu t'occuperas du téléphone.

— Ah ! mais j'aimerais mieux être là, quand
on pincera le criminel. Les petits peuvent être
très utiles dans ces moments-là.

— Tu rentreras et tu t'occuperas du téléphone. C'est un poste de confiance !

— Bon, comme vous voudrez. »

Krummbiegel distribua les numéros de téléphone. Et les gamins mirent avec soin les petits
papiers dans leur poche. Quelques-uns, les plus
sérieux, apprirent le numéro par cœur.

« Il faudrait aussi organiser une sorte de
service de renfort, observa Émile.

— Naturellement. Tout ceux dont nous n'aurons pas absolument besoin pour la poursuite resteront ici, sur la place Nikolsburger. A tour de rôle chacun de vous ira à la maison, pour annoncer que vous rentrerez sans doute tard aujourd'hui. Quelques-uns devraient même dire qu'ils passeront la nuit chez un ami. De cette façon, nous aurons des remplaçants et des renforts si la poursuite se prolonge jusqu'à demain. En cours de route, Gustave, Krummbiegel, Arnold Mittenzwey, son frère et moi nous avons déjà averti que nous ne rentrerions pas... Oui : Traugott accompagnera Vendredi chez lui ; il assurera le service de liaison et accourra place Nikolsburger si c'est nécessaire. Voici donc organisés nos services de détectives, de réserve, de téléphone et de liaison. C'est l'essentiel pour le moment.

— Nous aurons besoin de manger, suggéra Émile. Quelques-uns d'entre vous pourraient peut-être courir à la maison chercher des sandwiches.

— Quels sont ceux qui habitent le plus près ? demanda le Professeur. Allez ! Mittenzwey, Gerold, Frédéric Ier, Brunot, Zerlett, dépêchez-vous et rapportez des provisions ! »

Les cinq gamins se précipitèrent.

« Bavards que vous êtes, vous ne pensez qu'aux provisions de bouche, au téléphone, au moyen de coucher dehors ! Mais vous ne dites pas

« Assez de discours inutiles, je vous prie. Notre organisation est prête. »

comment vous prendrez le bandit. Vous... vous n'êtes qu'un conseil de... de profs !... » hurla Traugott. Dans sa colère il ne trouvait pas de plus grave injure.

« Avez-vous seulement un appareil pour les empreintes digitales ? demanda Petzold. Peut-

être le voleur a-t-il été d'ailleurs assez rusé pour
porter des gants de caoutchouc. Dans ce cas il
n'y aurait plus moyen de rien prouver. » Petzold
avait vu au cinéma plus de vingt-cinq films
policiers. Et comme on le voit, cela ne lui avait
pas très bien réussi.

« Va faire la chasse aux mites ! s'écria Traugott furieux. Vous n'avez qu'à saisir l'occasion et lui arracher l'argent qu'il a volé !...

— Silence ! dit le Professeur. Si nous lui arrachons l'argent, nous ne serons que des voleurs, tout pareils à lui.

— Ne fais pas le malin, dit Traugott. Si je reprends à quelqu'un ce qu'il m'a volé, je ne suis pourtant pas un voleur.

— Si, tu en es un, assura le Professeur.

— Quelle chinoiserie ! murmura Traugott.

— Le Professeur a certainement raison, protesta Émile. Si je prends quelque chose à quelqu'un, sans son consentement, je suis un voleur. Que la chose lui appartienne, ou qu'il me l'ait dérobée, ça revient au même.

— Parfaitement, fit le Professeur. Assez de discours inutiles, je vous prie. Notre organisation est prête. Nous ne pouvons pas encore savoir comment nous prendrons le gars, mais ça viendra. En tout cas, une chose est sûre : il doit nous remettre volontairement l'argent qu'il a pris. Ce serait idiot de le voler.

— Je ne comprends pas cela, rétorqua le petit Vendredi. Je ne peux pourtant pas voler ce qui m'appartient. Ce qui est à moi est à moi, même si ça se trouve dans une poche étrangère.

— Ce sont des nuances difficiles à comprendre, dit le Professeur sentencieusement ; du point de vue moral, à mon avis, tu as raison. Mais le tribunal te condamnerait tout de même. Bien des grandes personnes n'arrivent pas non plus à comprendre cela. C'est ainsi cependant.

— Ça me dépasse, dit Traugott en haussant les épaules.

— Et il faudra être très adroits ! Savez-vous ramper sans bruit ? demanda Petzold. S'il se retourne et s'il vous voit... bonsoir !

— Oui, il faudra savoir bien ramper, affirma Vendredi. C'est pour ça que j'avais pensé vous être utile. Je rampe merveilleusement. Et je pourrais faire un chien policier terrible ! Je sais aboyer.

— Et tu penses qu'on peut ramper à Berlin sans que personne vous remarque ! dit Émile très agité. Tu n'as qu'à essayer si tu veux que tout le monde te regarde.

— Il vous faudra un revolver, s'écria Petzold, intarissable en bons conseils.

— Oui, un revolver..., reprirent deux ou trois autres gamins.

— Non, dit le Professeur.

— Le voleur en a certainement un, tu paries ? dit Traugott.

— C'est justement le danger, expliqua Émile. Celui qui a peur peut aller se coucher.

— Veux-tu prétendre que je suis un lâche ? » demanda Traugott. Tel un lutteur il s'avança au milieu du cercle.

« Silence ! cria le Professeur, vous vous battrez

demain ! Qu'est-ce que ça veut dire ? Vraiment, vous vous conduisez comme... comme des enfants !

— Mais nous en sommes », dit le petit Vendredi. Et tous de rire.

« Je devrais bien écrire un mot à ma grand-mère, dit Émile. Mes parents ne savent pas où je suis ; il se pourrait qu'ils aillent me chercher au commissariat de police. Est-ce que quelqu'un pourrait porter ma lettre, pendant que nous surveillerons le brigand ? Ma grand-mère habite rue Schumann, 15. Vous me rendriez grand service.

— J'irai volontiers, proposa un gamin qui s'appelait Bleuer. Mais écris vite ! Il faut que j'arrive avant que la maison ne soit fermée. Je vais prendre le métro jusqu'à la porte Oranienburger. Qui est-ce qui me donne de la monnaie ? »

Le Professeur lui paya son trajet : vingt pfennigs pour un aller et retour. Émile se procura un crayon et du papier et il écrivit :

Chère grand-mère,
Vous vous demandez certainement avec inquié-
tude où je suis. Je suis à Berlin. Malheureuse-
ment, je ne peux pas encore aller vous voir,
car j'ai quelque chose d'important à terminer.
Ne m'en demande pas plus. Et sois sans crainte.
Quand tout sera fini, je viendrai, et m'en fais
déjà une joie. C'est un ami qui te portera ma

lettre. Il sait où je suis, mais il ne doit pas le dire. C'est un secret professionnel. Beaucoup de baisers à mon oncle, à ma tante et à Pony Bibi.

Ton petit-fils affectionné,
ÉMILE.

P.-S. : Envoie à maman mes baisers. J'ai des fleurs pour toi. Je te les apporterai dès que je pourrai.

Émile plia le papier, écrivit l'adresse et dit : « Surtout, ne raconte à personne où je suis, ni que l'argent a disparu. Qu'est-ce que je prendrais !

— Ça va, Émile, répondit Bleuer. Donne-moi ton télégramme. Quand je serai de retour, je téléphonerai chez le petit Vendredi pour savoir ce qui se sera passé en mon absence. Et j'irai retrouver la réserve. » Il se sauva en courant.

Entre-temps, les cinq gamins étaient revenus et avaient rapporté des piles de sandwiches ; Gérold exhiba même un saucisson. Sa mère le lui avait donné, raconta-t-il. Mais oui !

Les cinq avaient expliqué à la maison qu'ils seraient absents encore une heure ou deux. Émile partagea les sandwiches ; chacun en mit un en réserve dans sa poche. Émile conserva le saucisson : il représentait l'intendance.

Cinq autres garçons coururent chez eux pour

demander la permission de rester dehors plus longtemps. Deux d'entre eux ne revinrent pas. Leurs parents le leur avaient probablement défendu.

Le Professeur donna le mot de passe, afin de savoir tout de suite, si quelqu'un venait ou téléphonait, s'il appartenait à la bande. *Émile* était le mot de passe, bien facile à se rappeler.

Puis le petit Vendredi s'en alla avec Traugott, l'homme de liaison, qui grognait toujours et leur souhaita « bien du plaisir » ! Le Professeur les rappela et les pria de bien vouloir s'arrêter chez lui en passant pour prévenir son père que lui, le Professeur, avait quelque chose de très urgent à faire.

« Comme ça, il sera rassuré et ne m'en voudra pas, continua-t-il.

— Nom d'un chien ! s'exclama Émile. Quels fameux parents il y a à Berlin !

— N'imagine pas qu'ils sont tous aussi raisonnables, dit Krummbiegel en se grattant l'oreille.

— Si, si ! Dans l'ensemble ils sont très accommodants, répliqua le Professeur — ce qui est beaucoup plus malin, car ainsi on ne leur ment pas. J'ai promis à mon père de ne rien faire de mal ou de dangereux. Tant que je tiens ma promesse, je peux faire tout ce que je veux. C'est un type bien, mon père !

— Oui, vraiment ! dit Émile. Mais, écoute, ça pourrait devenir dangereux aujourd'hui.

— Et alors ? fit le Professeur en haussant les épaules, il m'a dit d'agir toujours comme je le ferais s'il était auprès de moi. C'est ce que je fais aujourd'hui. Allons, à l'ouvrage ! »

Il se planta devant les gamins et les harangua : « Les détectives comptent sur vous. Le central téléphonique est organisé. Je vous laisse mon argent. Il me reste un mark soixante-quinze pfennigs. Prends-le, Gérold, et compte-le ! Nous avons des vivres et de l'argent. Vous savez tous le numéro de téléphone. Que ceux qui doivent rentrer à la maison se sauvent ! Mais il doit rester au moins cinq hommes ici ! Gérold, tu en réponds, n'est-ce pas ? Montrez que vous êtes braves et fidèles, mes camarades ! De notre côté nous ferons tout notre possible. Si nous avons besoin de renfort, le petit Vendredi vous enverra Traugott. L'un de vous a-t-il encore quelque chose à demander ? Avez-vous bien compris ? N'oubliez pas le mot : *Émile !*

— *Émile ! Émile !* » hurlèrent les gamins. La place Nikolsburger retentissait de leurs cris, et les passants se retournaient avec des regards inquiets.

Émile se sentit heureux qu'on lui eût volé son argent.

Chapitre 10

Où l'on poursuit un taxi

Trois estafettes, agitant les bras, et lancées à toute allure, arrivèrent par la rue Trautenaus.

« En avant ! » dit le Professeur. Lui-même, avec Émile, les frères Mittenzwey et Krummbiegel, se mit à courir vers la Kaiserallee ; on eût dit à les voir qu'il s'agissait de gagner un cent mètres. Mais ils firent au pas et prudemment les dix derniers mètres qui les séparaient du kiosque à journaux, car ils avaient aperçu Gustave qui leur faisait des signaux.

« Trop tard ? demanda Émile, hors d'haleine.

— T'es pas fou, vieux ? répondit Gustave. Quand je me charge de quelque chose, on peut compter sur moi ! »

Devant le café Josty, de l'autre côté de la rue, le voleur contemplait le paysage, tout comme s'il avait été en Suisse. Puis il acheta un journal du soir et se mit à le lire.

« S'il nous tombe dessus, ça va faire du vilain », dit Krummbiegel.

Postés derrière le kiosque, ils tendaient la tête et tremblaient d'impatience. Sans leur accorder la moindre attention, le voleur parcourait son journal avec une insistance remarquable.

« Sûrement il jette des coups d'œil de tous les côtés pour s'assurer qu'il n'est pas épié, dit Mittenzwey l'aîné.

— A-t-il regardé souvent de votre côté ? demanda le Professeur.

— Penses-tu ! Il a dévoré comme s'il n'avait pas mangé depuis trois jours.

— Attention ! » cria Émile.

L'homme au chapeau melon replia son journal, examina les passants, puis, rapide comme l'éclair, fit signe à un taxi libre qui passait devant lui. Celui-ci s'arrêta, l'homme monta dedans, et la voiture démarra.

Déjà les gamins avaient sauté dans un autre taxi, et Gustave dit au chauffeur : « Vous voyez cette voiture là-bas qui arrive sur la place de Prague ? Oui ? Suivez-la, monsieur le chauffeur ! Mais prudemment, pour qu'on ne nous remarque pas. »

Le taxi se mit en marche, traversa la Kaiserallee, et suivit à une certaine distance la première voiture.

« Qu'est-ce qui se passe ? demanda le chauffeur.

— Ah ! mon vieux ; cet individu a fait un mauvais coup et nous ne le lâchons plus, expliqua Gustave. Mais ceci entre nous, n'est-ce pas ?

— Comme ces messieurs voudront ! répondit le chauffeur. Mais avez-vous de l'argent ?

— Pour qui nous prenez-vous ? demanda le Professeur sur un ton indigné.

— Bon, bon..., murmura le chauffeur.

— Son numéro est I. A. 3733, observa Émile.

— C'est très important, répondit le Professeur ; et il prit note du renseignement.

— Ne roulons pas trop près du bandit ! conseilla Krummbiegel.

— Ça va ! » ronchonna le chauffeur.

Ils longèrent la rue Motz, traversèrent la place Victoria-Luise, et continuèrent par la rue Motz. Quelques passants, arrêtés au bord du trottoir, suivaient l'auto des yeux et riaient de ce qu'ils croyaient une joyeuse partie de plaisir.

« Baissez-vous ! » souffla Gustave. Les gamins se jetèrent pêle-mêle sur le plancher du taxi.

« Qu'est-ce qu'il y a donc ? demanda le Professeur.

— Le feu rouge, au coin de la rue Luther, mon pote ! Nous allons être obligés de nous arrêter. L'autre voiture ne passera pas non plus. »

En effet les deux taxis immobilisés durent

« *Ne roulons pas trop près du bandit.* »

attendre l'un derrière l'autre, jusqu'à ce que le feu vert reparût et rendît le passage libre. Mais personne ne put voir que le deuxième taxi était occupé. Il paraissait vide. Les gamins s'étaient consciencieusement aplatis au fond. Le chauffeur se retourna, comprit ce qui se passait et se mit à rire. Quand la voiture se remit en marche, tout le monde se redressa prudemment.

« Pourvu que la course ne dure pas trop longtemps ! dit le Professeur en suivant des yeux le compteur. Cette farce-là nous coûte déjà quatre-vingts pfennigs. »

La course se termina très vite. Le premier taxi s'arrêta place Nollendorf, juste devant l'hôtel Kreid. La deuxième voiture avait freiné au même instant et attendait, hors de la zone dangereuse, ce qui allait se passer.

L'homme au chapeau melon descendit, paya et disparut dans l'hôtel.

« Gustave, suis-le ! s'écria le Professeur, un peu nerveux. Si la maison a deux sorties, nous sommes perdus ! » Gustave s'élança.

Les autres gamins sortirent de la voiture. Émile régla la course ; le compteur marquait un mark. Rapidement le Professeur fit passer sa troupe par une porte qui les conduisit à la grande cour derrière le cinéma et le théâtre de la place Nollendorf.

Puis il envoya Krummbiegel à la recherche de Gustave.

« Ce serait une chance, si le bandit restait dans cet hôtel, dit Émile. Cette cour ferait un merveilleux cantonnement.

— Avec tout le confort moderne, assura le Professeur. Une station de métro toute proche, de la place pour nous cacher, et un hôtel pour téléphoner. Nous ne pouvions trouver mieux.

— Pourvu que Gustave s'y prenne bien ! dit Émile.

— On peut compter sur lui, répondit Mittenzwey l'aîné. Il n'est pas si bête qu'il en a l'air.

— Si seulement il pouvait revenir vite ! » ajouta le Professeur, et il s'assit sur une chaise oubliée dans la cour. Il ressemblait à Napoléon pendant la bataille de Leipzig.

Enfin Gustave revint.

« Nous le tenons, dit-il, en se frottant les mains. Il cst en effet descendu dans cet hôtel. J'ai vu que le garçon le faisait monter en ascenseur. Et il n'y a pas d'autre sortie ; j'ai examiné la boîte de tous les côtés. A moins qu'il ne se sauve par le toit, il est pris au piège.

— Krummbiegel monte la garde ? demanda le Professeur.

— Naturellement ! »

Mittenzwey, muni de quelques pièces, courut au café et téléphona au petit Vendredi.

« Allô, Vendredi !

— Oui, moi-même, glapit le petit Vendredi à l'autre bout du fil.

— *Émile !* Ici Mittenzwey senior. L'homme au chapeau melon est à l'hôtel Kreid, place Nollendorf. Nous cantonnons dans la cour du cinéma, vers la porte de gauche. »

Le petit Vendredi prit soigneusement en note les renseignements, les répéta et demanda :

« Avez-vous besoin de renfort ?

— Non !

— Avez-vous eu beaucoup de difficultés ?

— Pas trop ! Le type a pris un taxi ; nous en avons pris un autre, tu comprends ? Et nous l'avons suivi jusqu'à ce qu'il descende ici. Il a commandé une chambre et il y est monté ; il est sûrement en train de regarder sous le lit s'il n'y a pas quelqu'un de caché.

— Quel est le numéro de sa chambre ?

— Nous ne le savons pas encore, mais nous le trouverons bien.

— Ah ! que je voudrais être avec vous ! Dis donc ! quand on nous donnera à choisir notre première rédaction après les vacances, j'écrirai là-dessus !

— Est-ce que les autres ont téléphoné ?

— Non, personne. C'est dégoûtant !

— Bon ! Salut, petit Vendredi.

— Bonne chance, messieurs ! Qu'est-ce que je voulais dire encore... *Émile !*

— *Émile !* » répondit Mittenzwey, et il alla

reprendre sa place dans la cour du cinéma. Il
était déjà huit heures. Le Professeur alla voir la
sentinelle.

« Nous n'arriverons pas à le pincer aujour-
d'hui, dit Gustave furieux.

— Malgré tout, le mieux serait pour nous qu'il
aille dormir tout de suite, dit Émile ; s'il se met
à rouler en auto pendant des heures, ou à courir
les restaurants et les dancings indéfiniment —
nous ferions bien de nous faire ouvrir un compte
en banque ! »

Le Professeur revint, envoya place Nollendorf

*Le petit Vendredi
prit soigneusement
en note les
renseignements.*

les deux Mittenzwey en qualité d'agents de liaison, et se montra très avare de paroles : « Réfléchissons au meilleur moyen de le surveiller, dit-il, pensez-y sérieusement, je vous prie. »

Ils s'assirent et restèrent un long moment songeurs.

Tout à coup retentit dans la cour le bruit d'une sonnette de vélo, et une petite bicyclette fit son apparition ; une fille était juchée dessus et portait sur son guidon le camarade Bleuer. Tous les deux s'écrièrent : « Hourra ! »

Émile accourut, les aida à descendre, secoua avec enthousiasme la main de la fillette, et dit aux autres : « Ma cousine Pony Bibi. »

Le Professeur offrit galamment sa chaise à Pony. Elle s'y assit :

« Alors, Émile, mon petit vieux ! dit-elle, tu viens à Berlin et tu commences par tourner un film. Je retournais justement à la gare pour attendre le train de Neustadt, lorsque j'ai rencontré ton ami Bleuer avec la lettre. C'est un charmant garçon d'ailleurs. Tous mes compliments. »

Bleuer rougit et se rengorgea.

« Oui, racontait Pony, mes parents et grand-mère sont à la maison, et se creusent la tête pour savoir ce que tu es devenu. Naturellement nous ne leur avons rien dit. J'ai seulement accompagné Bleuer jusqu'à la maison, et puis je me suis sauvée avec lui. Mais maintenant il faut que je rentre. Ils seraient bien capables d'alerter la police : leurs nerfs ne supporteraient pas la disparition d'un second enfant dans la même journée.

— Voici l'argent de mon billet de retour, dit Bleuer fièrement. Je ne l'ai pas utilisé. » Le Professeur mit l'argent dans sa poche.

« Est-ce qu'ils sont fâchés ? demanda Émile.

— Pas du tout ! assura Pony ; grand-mère s'est mise à arpenter la salle à manger en répétant sans arrêt : « Mon petit-fils Émile a commencé par faire un saut chez le président de la République ! » Si bien que mes parents ont été rassurés. Mais j'espère bien que demain vous attraperez ce bandit ? Où est donc votre chef ?

— Ici, dit Émile. Je te présente le Professeur.

— Enchantée, monsieur le Professeur ! Je suis ravie de faire enfin la connaissance d'un vrai détective. »

Le Professeur sourit avec embarras et bredouilla quelques mots incompréhensibles.

« Je vous laisse mon argent de poche, dit Pony. Cinquante-cinq pfennigs. Vous achèterez des cigares. »

Émile prit l'argent. Pony trônait sur sa chaise comme une reine de beauté ; les gamins l'entouraient.

« Il ne faut pas que je m'attarde, dit Pony Bibi. Je reviendrai demain matin. Où allez-vous dormir ? Mon Dieu, que je voudrais rester ici

pour vous faire du café ! Impossible, malheureusement ! Une jeune fille bien élevée reste dans
son coin ! Allons, adieu, messieurs ! Bonne nuit,
Émile ! »

Elle lui tapa sur l'épaule, sauta sur sa bicyclette
et s'en fut en pédalant à toute allure.

Les gamins restèrent un long moment sans
voix.

Puis le Professeur ouvrit la bouche et prononça :

« Nom d'un chien de nom d'un chien ! »

Et les autres approuvèrent.

Chapitre 11

Un espion se glisse
dans l'hôtel

Le temps passait lentement.

Émile fit la tournée des trois avant-postes, avec l'intention d'en remplacer un. Mais Krummbiegel et les deux Mittenzwey préféraient rester où ils étaient. Alors Émile, avec beaucoup de prudence, s'aventura jusqu'à entrer dans l'hôtel Kreid ; il y prit des informations, et très agité revint dans la cour.

« J'ai l'impression, dit-il, qu'il faut faire quelque chose. Nous ne pouvons pas laisser l'hôtel toute la nuit sans la surveillance d'un espion. Krummbiegel est bien au coin de la rue Kleist, mais il suffit qu'il détourne la tête un instant pour que le Grundeis puisse filer.

— C'est facile à dire ! répondit Gustave. Nous ne pouvons cependant pas aller trouver le portier et lui annoncer tout tranquillement : « Dis donc ! « nous prenons la liberté de nous asseoir sur les « marches de l'escalier. » Toi-même, tu ne peux pas seulement entrer dans la maison. Si le misérable t'aperçoit, il te reconnaîtra et tout sera perdu !

— Ce n'est pas ça que je veux dire non plus, répondit Émile.

— Alors ? demanda le Professeur.

— Il y a bien un gars dans l'hôtel. Le chasseur, par exemple ! L'un de nous pourrait aller le trouver, et lui raconter ce qui se passe ; il connaît sûrement l'hôtel comme sa poche et il nous donnerait peut-être un conseil.

— Bien, dit le Professeur. Très bien même ! » Il semblait toujours distribuer des notes aux autres, habitude comique qui lui valait justement son surnom de Professeur.

« Quel type cet Émile ! Il est malin comme un Berlinois ! s'écria Gustave. Si tu as encore des idées géniales comme ça, on te nommera citoyen d'honneur.

— Il n'y a pas qu'à Berlin qu'on a de la cervelle ! » Émile devenait susceptible. Il était blessé dans son amour pour Neustadt, sa ville natale. « D'ailleurs nous avons déjà une querelle à régler !

— A quel propos ? demanda le Professeur.

— Il s'est moqué de mon costume neuf !

— Le combat aura lieu demain, décida le Professeur. Demain... ou même jamais.

— Il n'est pas si mal que ça, ton costume. Je m'y suis déjà habitué, mon vieux, dit Gustave aimablement. Mais nous pourrons tout de même boxer. Je te ferai seulement observer que je suis champion de la bande Landhaus. Je te préviens !

— Et moi, à l'école, je suis le plus fort.

— Terrible vraiment, votre force musculaire ! dit le Professeur. J'aurais bien voulu aller moi-même à l'hôtel. Mais on ne peut pas vous laisser seuls une minute tous les deux ; vous commenceriez tout de suite à vous battre.

— Eh bien, je vais y aller, moi ! proposa Gustave.

— C'est cela ! dit le Professeur, vas-y ! Et parle au chasseur. Mais sois prudent ! Il y aura peut-être quelque chose à faire. Tâche de savoir d'abord quelle chambre occupe notre homme. Dans une heure, tu reviendras et tu nous feras un rapport. »

Gustave disparut.

Le Professeur et Émile s'installèrent devant la porte et s'entretinrent de leurs études et de leurs maîtres. Puis le Professeur expliqua à son compagnon comment on reconnaissait les différentes marques d'automobiles qui passaient devant eux. Enfin ils partagèrent un sandwich.

La nuit était tombée. Partout flamboyaient des

réclames lumineuses. Un train grondait au loin.
Sous terre, le métro ébranlait tout. Les tramways
et les autobus, les autos et les bicyclettes
menaient un charivari endiablé. Une musique de
danse sortait du café Wœrz. Les cinémas de la

La nuit était tombée.
Partout flamboyaient des réclames lumineuses.

place Nollendorf annonçaient la dernière représentation. La foule se pressait pour entrer.

«Un grand arbre comme celui de la gare, là-bas, paraît tout à fait étrange ici, tu ne trouves pas? dit Émile. On croirait qu'il s'est perdu.» Le gamin était émerveillé et ému. Il oubliait presque pourquoi il était là, et qu'il lui manquait cent quarante marks. «Évidemment Berlin c'est très beau. On se croirait au cinéma. Mais je ne sais pas si j'aimerais y vivre toujours. A Neustadt, nous avons la place du Grand-Marché, celle du Petit-Marché, et la place de la Gare. Et nous avons des terrains de jeux : au bord de la rivière et dans le parc. C'est tout ce que nous avons. Mais cela me suffit, je crois, Professeur. Toujours ce bruit de foire, toujours ces milliers de rues et de places ! Je me perdrais constamment. Pense donc, si je ne vous avais pas aujourd'hui, et si j'étais tout seul ici ! J'en ai la chair de poule !

— On s'y habitue, répondit le Professeur. Je ne me plairais sûrement pas à Neustadt, avec ses trois places et son parc.

— On s'y habitue, dit Émile. Mais Berlin est une belle ville. Sans aucun doute, Professeur ! Splendide.

— Est-ce que ta mère est très sévère ? demanda le jeune Berlinois.

— Ma mère ? Jamais de la vie ! Elle me permet tout. Mais je n'use pas de la permission. Tu comprends ?

— Non ! dit franchement le Professeur, je ne comprends pas.

— Bon ! Écoute ! Avez-vous beaucoup d'argent chez toi ?

— Je ne sais pas. Nous parlons très rarement de ça à la maison.

— Je crois que quand on n'en parle pas à la maison, c'est qu'il y en a. »

Le Professeur réfléchit un instant et dit :

« C'est bien possible !

— Vois-tu, nous en parlons souvent, ma mère et moi. Nous en avons très peu. Elle travaille sans arrêt pour en gagner, mais il n'y en a jamais. Cependant quand nous avons une sortie, ma mère me donne autant d'argent qu'en ont les autres. Même plus quelquefois.

— Comment fait-elle ?

— Je ne sais pas. Mais elle le fait. Et naturellement je lui en rapporte la moitié.

— Elle le veut ?

— Mais non ! Mais moi je le veux !

— Ah ! bon !... C'est comme ça ?

— Oui ! C'est comme ça, et si elle me permet d'aller me promener dans les bois avec le copain du premier étage, jusqu'à neuf heures du soir, je rentre toujours vers sept heures. Parce que je ne veux pas qu'elle dîne toute seule dans sa cuisine. Elle insiste toujours pour que je reste avec les autres. J'ai essayé quelquefois. Mais je n'y trouve aucun plaisir. Et au fond elle est très contente que je rentre de bonne heure.

— Ce n'est pas comme ça chez nous, dit le Professeur. Si je rentre à l'heure, je suis sûr qu'ils sont au théâtre ou invités dehors. Nous nous aimons bien, certainement, mais chacun va de son côté.

— Tandis que nous, ça ne nous déplaît pas d'être ensemble. Il ne faut pas croire pourtant que je ne sois qu'un enfant gâté. Celui qui dirait ça, il aurait affaire à moi ! C'est bien facile à comprendre.

— Je comprends. »

Les deux enfants s'appuyèrent un instant au montant de la porte sans plus parler. La nuit descendait. Les étoiles brillaient au ciel, et la lune clignait de l'œil, au loin, sur la ligne du chemin de fer.

Le Professeur toussota et demanda sans regarder l'autre :

« Vous vous aimez donc beaucoup, ta mère et toi ?

— Oui, c'est vrai », répondit Émile.

Chapitre 12

Le chasseur en vert
sort de son cocon

Vers dix heures, apparut dans la cour une délégation de l'intendance. Elle apportait une nouvelle provision de sandwiches qui eût suffi pour nourrir cent bouches affamées, et elle demanda des ordres. Le Professeur, furieux, répondit qu'ils n'avaient pas à venir chercher d'ordres. Ils n'avaient qu'à attendre place Nikolsburger, ceux que leur transmettrait Traugott, agent de liaison du central téléphonique.

« Ne fais donc pas l'imbécile, dit Petzold. Nous avions très envie de voir comment ça se passe chez vous, voilà tout !

— D'autre part, nous craignions qu'il ne vous soit arrivé quelque chose, continua Gérold, pour s'excuser, car Traugott n'est pas venu.

— Combien d'entre vous sont restés place Nikolsburger ? demanda Émile.

— Quatre. Ou trois, répondit Frédéric Ier.

— Peut-être seulement deux, dit Gérold.

— N'insiste pas ! cria le Professeur avec colère ; ils vont finir par nous avouer qu'il n'y a plus personne là-bas !

— Ne crie donc pas comme ça ! dit Petzold.

— Je demande que Petzold soit immédiatement exclu, et qu'on lui défende de prendre part à la poursuite, cria le Professeur en tapant du pied.

— Je regrette que vous vous disputiez à cause de moi, dit Émile. Nous allons voter comme à la Chambre. Mais je demande qu'un sévère avertissement soit donné à Petzold. Il est inadmissible que chacun fasse ce qui lui chante.

— Ne faites donc pas les importants, bande d'idiots ! De toute façon je fiche le camp ! » Petzold lança encore quelques terribles grossièretés et s'en alla.

« Il nous a obligés à le suivre, expliqua Gérold ; autrement nous ne serions pas venus. Zerlett est resté au service de l'intendance.

— Plus un mot sur Petzold », commanda le Professeur ; il était de nouveau très calme. Avec un effort pour se maîtriser : « La question est réglée ! dit-il.

— Et nous, que devons-nous faire ? demanda Frédéric Ier.

— Le mieux serait que vous attendiez jusqu'à ce que Gustave revienne de l'hôtel et nous fasse son rapport, conseilla Émile.

— Oui, dit le Professeur. N'est-ce pas le garçon de l'hôtel qui vient là-bas ?

— Si, c'est lui », affirma Émile.

Un gamin était sur le pas de la porte. Il portait une livrée verte et, sur sa tête, campée de travers, une casquette du même vert. Il fit un signe aux autres et s'approcha d'eux lentement.

« Quel uniforme, nom d'un chien ! dit Gérold avec envie.

— Nous apportes-tu des nouvelles de Gustave, notre espion ? » demanda le Professeur.

Le garçon, qui arrivait tout près d'eux, répondit :

« Justement.

— Alors, quoi de neuf, s'il te plaît ? » demanda Émile anxieux.

Tout à coup retentit la trompe de bicyclette. Et le garçon en vert de sauter et de rire comme un fou : « Émile, mon vieux ! Es-tu malade ? »

Ce n'était pas du tout le garçon de l'hôtel, mais Gustave en personne.

« Espèce de farceur ! » s'écria Émile en riant, et tous éclatèrent de rire. Ils faisaient tant de bruit que quelqu'un ouvrit une fenêtre sur la cour et cria : « Silence ! »

« Génial ! dit le Professeur. Mais faites doucement, messieurs. Viens ici, Gustave, assieds-toi et raconte ton histoire.

— Mon vieux, c'est comme au théâtre ! Écoutez ! Je me glisse dans l'hôtel, j'aperçois le groom et je lui fais des signes. Il vient vers moi et je lui explique toute notre affaire. Depuis A jusqu'à Z. Je lui parle d'Émile, de nous, du voleur, je lui dis que celui-ci habite l'hôtel et que nous devons le serrer de près pour l'obliger à nous rendre l'argent demain. « C'est très facile, dit le groom ; « j'ai une autre livrée. Tu vas la mettre et tu feras « le deuxième groom. — Mais qu'est-ce que le « concierge va dire ? Il va crier sûrement, lui « répondis-je. — Il ne criera pas du tout. Il nous « donnera au contraire sa permission, car c'est « mon père qui est concierge. » Je ne sais pas ce qu'il a raconté à son vieux ; mais en tout cas j'ai reçu cette livrée, et j'ai la permission de passer la nuit dans une chambre de domestique qui est vide. Je peux même amener l'un de vous avec moi. Qu'en dites-vous ?

— Dans quelle chambre demeure le voleur ? demanda le Professeur.

— Ah ! toi, tu nous coupes toujours nos effets ! grogna Gustave vexé. Tu penses peut-être que je n'ai rien fait. Le groom m'a dit que le voleur devait habiter la chambre 61. Je suis donc monté au troisième étage, et j'ai commencé à jouer l'espion, sans en avoir l'air naturellement. J'ai guetté derrière la grille de l'escalier. Au bout d'une demi-heure environ, la porte du 61 s'ouvre, et qu'est-ce qui en sort bien tranquillement ? Monsieur notre voleur ! Il allait — enfin oui ! vous savez où. Cet après-midi, je l'avais observé : c'était bien lui, avec ses petites moustaches noires, ses oreilles dans lesquelles la lune pourrait se mirer, et une figure dont je ne voudrais pas. Comme il revenait des — oui, vous savez quoi —, je me précipite, je m'arrête devant lui et je lui demande : « Monsieur cherche quelqu'un ? Mon-« sieur désire quelque chose ? »

« Il me dit : « Non, je n'ai besoin de rien. Si « pourtant ! Attends ! Dis au portier de me « réveiller demain matin à huit heures bien « exactement. La chambre 61. N'oublie pas. »

« Je lui réponds en me pinçant la cuisse, tellement j'étais content : « Non, monsieur peut « compter sur moi. Je n'oublierai pas ! Le télé-« phone sonnera dans la chambre 61 à huit « heures ! » Là-dedans ils réveillent les gens avec le téléphone. Sur un signe de tête amical il rentre dans sa souricière.

— Fameux ! » dit le Professeur. Il était ravi. « A huit heures, on l'attendra devant l'hôtel. La poursuite continuera et il sera pincé.

— Autant dire qu'il est perdu, déclara Gérold.

— Ni fleurs, ni couronnes, ajouta Gustave. Et maintenant je me dépêche. Je dois aller jeter à la boîte une lettre pour le 12. Cinquante pfennigs de pourboire. C'est un bon métier. Certains jours

« Monsieur cherche quelqu'un ? »

le groom se fait dix marks. Il le dit. Alors, je
me lèverai à sept heures ; comptez sur moi pour
que notre scélérat soit réveillé ponctuellement.
Je vous retrouverai ici.

— Cher Gustave, comme je te remercie, dit

Émile solennellement. Il n'arrivera rien de fâcheux maintenant. Nous le pincerons demain. Tout le monde peut aller dormir, je crois ; n'est-ce pas, Professeur ?

— Certainement. Que tout le monde s'en aille et dorme. Et rendez-vous demain matin à huit heures exactement. Que ceux qui le pourront apportent encore un peu d'argent. Je vais appeler au téléphone le petit Vendredi. Il faut qu'il réunisse demain les volontaires qui se présenteront pour le service de l'intendance. Nous serons peut-être obligés d'organiser une battue. Sait-on jamais ?

— Je vais dormir à l'hôtel avec Gustave, dit Émile.

— Bravo, mon vieux ! Je te préviens : une vraie boîte à puces !

— Je vais d'abord téléphoner, dit le Professeur. Puis je rentrerai à la maison et renverrai Zerlett chez lui. Autrement il restera jusqu'à demain place Nikolsburger à attendre les ordres. C'est bien compris ?

— Oui, monsieur le Président, plaisanta Gustave.

— Demain matin à huit heures, ici, dans la cour, confirma Gérold.

— Apportez un peu de monnaie », rappela Frédéric Ier.

On se sépara, en échangeant de viriles poignées de main. Quelques-uns retournèrent chez eux.

Gustave et Émile entrèrent dans l'hôtel. Le Professeur gagna la place Nollendorf pour téléphoner au petit Vendredi du café Hahnen.

Une heure plus tard les gamins dormaient. La plupart dans leurs lits ; deux d'entre eux dans une mansarde au quatrième étage de l'hôtel Kreid.

L'un dormait dans le fauteuil paternel, à côté du téléphone. Le petit Vendredi n'avait pas quitté son poste. Traugott était rentré à la maison. Blotti dans son siège rembourré, le petit Vendredi rêvait qu'il prenait des millions de communications téléphoniques. A minuit ses parents revinrent du théâtre. Ils furent très étonnés en apercevant leur fils endormi dans le fauteuil. Sa mère le prit dans ses bras et le porta dans son lit. Il tressaillit et murmura dans son sommeil : « *Émile !* »

Chapitre 13

M. Grundeis reçoit
une garde d'honneur

Les fenêtres de la chambre 61 donnaient sur la place Nollendorf. Et lorsque, le lendemain matin, M. Grundeis, tout en se brossant les cheveux, regarda dehors, il aperçut un grand nombre d'enfants. Il y en avait au moins deux douzaines qui jouaient au ballon devant l'hôtel. Une autre bande occupait l'entrée de la rue Kleist, et une seconde l'entrée du métro.

« Ils sont en vacances, sans doute », marmonna-t-il, mécontent, en mettant sa cravate.

Au même moment, le Professeur présidait une réunion dans la cour du cinéma, et se fâchait tout rouge : « Nous nous cassons la tête jour et nuit pour attraper cet homme, et vous, pendant ce temps-là, espèces de cornichons, vous ne trouvez rien de mieux que de mobiliser tout Berlin ! Avons-nous besoin de spectateurs ? Est-ce que nous tournons un film ? Si le bandit nous échappe, ce sera votre faute, vieilles pies bavardes ! »

Rangés en cercle autour de lui, les autres l'écoutaient patiemment, mais leurs consciences ne semblaient pas les faire souffrir exagérément. Quelques-uns seulement, très rares, étaient tourmentés. Gérold répondit :

« Ne t'en fais pas, Professeur. Nous allons attraper le voleur.

— Allez, sortez, bavards que vous êtes ! Et donnez l'ordre à la bande de se comporter prudemment ; qu'elle ne regarde pas l'hôtel, ce sera le mieux. Compris ? En avant, marche ! »

Les gamins s'en allèrent. Les détectives seuls restèrent dans la cour.

« J'ai emprunté dix marks au portier, annonça Émile. Si notre homme part en voyage, nous aurons au moins de l'argent pour le suivre.

— Renvoie donc tous ces enfants simplement chez eux, conseilla Krummbiegel.

— Et tu crois qu'ils voudront s'en aller ? Ils resteraient même si la place devait sauter, répondit le Professeur.

— Il n'y a qu'une chose à faire, suggéra Émile. Changeons nos plans. Nous ne pouvons plus entourer le Grundeis d'espions, mais lâchons la meute sur lui, de tous les côtés, avec tous les copains.

— J'ai déjà pensé à ça aussi, répondit le Professeur. Le mieux est de changer notre tactique et de le pousser à bout jusqu'à ce qu'il capitule.

— Super ! s'écria Gérold.

— Il aimera certainement mieux rendre l'argent, que d'avoir pendant des heures à ses trousses une centaine d'enfants, tournant et criant autour de lui de façon à ameuter la ville et la police », trancha Émile.

Les autres approuvèrent. Une sonnette retentit sous le porche. Et Pony Bibi, rayonnante, fit son entrée dans la cour. « Bonjour, vous autres », cria-t-elle ; elle sauta de sa bicyclette, salua son cousin, le Professeur et leurs camarades et prit un petit panier qu'elle avait attaché solidement derrière sa selle. « Je vous apporte du café, s'écria-t-elle, et des petits pains au lait. J'ai même une tasse propre. Bon ! l'anse est cassée ! Quelle déveine ! »

Les gamins avaient tous copieusement déjeuné. Émile aussi, à l'hôtel Kreid. Mais aucun d'eux n'aurait voulu gâter le plaisir de la fillette. Et ils burent tous du café au lait dans la tasse sans anse, et ils mangèrent des petits pains, comme s'ils avaient été à jeun depuis quatre semaines.

« Dieu, que c'est bon ! s'écria Krummbiegel.

— Et comme les petits pains sont croustillants ! prononça le Professeur entre deux bouchées.

— N'est-ce pas ? demanda Pony ; oui, oui, ça se voit quand il y a une femme à la maison !

— Dans la cour ! rectifia Gérold.

— Comment vont-ils rue Schumann ? demanda Émile.

— Ça va, merci. Bien des choses de grandmère. Si tu ne reviens pas bientôt, tu n'auras que du poisson à manger, tous les jours, pour ta punition.

— Diable ! tant pis ! murmura Émile, dont le visage s'assombrit.

— Pourquoi « diable tant pis ! » demanda le plus jeune des Mittenzwey. C'est très bon, le poisson ! »

Tous le regardèrent avec étonnement car d'habitude il ne parlait jamais. Il rougit d'ailleurs et chercha à se dissimuler derrière son frère aîné.

« Émile ne peut pas avaler une bouchée de poisson. S'il essaie d'en avaler, il est obligé de sortir immédiatement », expliqua Pony Bibi.

Ainsi bavardaient joyeusement les gamins, tous d'excellente humeur, et tous très prévenants pour Pony. Le Professeur lui tenait sa bicyclette, Krummbiegel lavait la bouteille Thermos et la tasse. Mittenzwey senior pliait soigneusement le papier qui avait enveloppé les petits pains. Émile rattachait le panier sur le porte-bagage. Gérold s'assurait que les pneus étaient suffisamment gonflés. Et Pony Bibi allait et venait dans la cour, chantant et racontant mille choses.

« Halte ! cria-t-elle soudain en restant perchée sur une jambe. Je voulais vous demander quelque chose. Que font tous ces gosses sur la place Nollendorf ? On dirait une colonie de vacances !

— Ce sont des curieux qui ont entendu parler de notre chasse au voleur. Et ils veulent en être », expliqua le Professeur.

Gustave franchit la porte en courant, fit retentir sa trompe et cria : « Attention ! Le voilà ! » Tous se précipitèrent.

« Écoutez-moi ! cria le Professeur. Nous allons l'encercler. Mettez-vous derrière lui, devant lui, à droite, à gauche ! Est-ce compris ? Vous recevrez d'autres ordres en cours de route ! En avant, marche ! »

Ils coururent et se bousculèrent pour sortir de la cour. Pony Bibi, un peu vexée, restait seule en arrière. Puis elle sauta sur sa petite bicyclette, et ronchonna comme sa grand-mère : « Cette affaire-là ne me dit rien qui vaille ! Cette affaire-là ne me dit rien qui vaille ! »

L'homme au chapeau melon apparaissait justement sur le seuil de l'hôtel ; il descendit lentement l'escalier, et tournant à droite il prit la rue Kleist. Le Professeur, Émile et Gustave expédiaient au plus vite des courriers dans les différents groupes d'enfants. Trois minutes plus tard, M. Grundeis était cerné.

Très étonné, il regardait de tous les côtés. Les gamins bavardaient entre eux, riaient, se donnaient des coups de poing, et ne lâchaient pas leur voleur. Quelques-uns le dévisageaient avec tant d'insolence qu'il en était gêné.

Sssst ! Un ballon siffla juste au-dessus de sa tête. Il tressaillit et hâta le pas. Les gamins accélérèrent leur marche. Il voulut tourner rapidement dans une rue latérale. Mais justement une autre troupe d'enfants en débouchait au pas de course.

« Il en fait une tête, mon vieux ! s'écria Gustave. On croirait qu'il a envie d'éternuer.

— Mets-toi un peu devant moi, dit Émile ; il n'a pas besoin de me reconnaître encore maintenant. Il me verra toujours assez tôt ! »

Se redressant de toute sa hauteur, Gustave se campa devant Émile, tel un lutteur en pleine forme. Pony accompagnait la procession sur sa bicyclette avec des dring ! dring ! retentissants.

L'homme au chapeau melon devenait visiblement nerveux. Commençant à pressentir ce qui l'attendait, il avançait à pas de géant. En vain. Il ne pouvait échapper à l'ennemi.

Tout à coup, il s'arrêta comme figé, se retourna, et remonta en courant la rue qu'il venait de descendre. Les enfants firent immédiatement demi-tour, et la marche reprit en sens inverse. Un gamin — c'était Krummbiegel — se jeta si bien dans les jambes de l'homme qu'il trébucha.

« Qu'est-ce qui te prend, petit polisson ? cria-t-il. Attends un peu que j'appelle un agent.

— Oui, je vous en prie, appelez-en un ! répondit Krummbiegel. Il y a assez longtemps que nous attendons ça. Appelez-en donc un à la fin ! »

M. Grundeis ne pensait pas du tout à appeler un agent. Bien au contraire. Toute cette histoire lui semblait de plus en plus inquiétante. Il avait vraiment peur et ne savait où aller. Les gens commençaient à regarder aux fenêtres ; les vendeuses avec leurs clients sortaient des boutiques et demandaient ce qui se passait. Si un agent avait paru c'en était fait.

Le voleur eut une inspiration. Apercevant une succursale de la Banque Commerciale, il rompit le cercle qui l'entourait, bondit vers la porte de la banque et disparut à l'intérieur.

Le Professeur sauta devant la porte et hurla : « Gustave et moi nous allons entrer ! Émile restera encore ici un moment ! Quand Gustave cornera, qu'Émile arrive avec dix camarades. En attendant, choisis les meilleurs, Émile. Ça devient intéressant ! »

Gustave et le Professeur disparurent à leur tour dans la banque.

Émile avait des battements de cœur, et ses oreilles bourdonnaient. L'heure décisive allait

*L'homme au chapeau melon
devenait visiblement nerveux.*

sonner. Il appela Krummbiegel, Gérold, les frères Mittenzwey, quelques autres encore, et commanda au reste de se disperser.

Les enfants s'éloignèrent de quelques pas seulement. Sous aucun prétexte ils n'auraient voulu manquer le spectacle qui se préparait.

Pony Bibi pria un gamin de lui garder sa bicyclette et elle s'approcha d'Émile.

« Me voici, dit-elle, la tête haute. Ça va devenir sérieux. Mon Dieu, mon Dieu, j'en tremble... comme une feuille.

— Penses-tu ! Moi pas », dit Émile.

Chapitre 14

Les épingles ont du bon

Lorsque Gustave et le Professeur entrèrent dans la banque, l'homme au chapeau melon attendait son tour devant le guichet des « Paiements et Versements ». L'employé était en train de téléphoner.

Le Professeur se plaça à côté du voleur et le guetta comme un chien de chasse. Gustave, la main dans sa poche, prêt à corner de toutes ses forces, restait derrière l'homme.

Le caissier revint au guichet et demanda au Professeur ce qu'il voulait.

« Merci, dit-il, ce monsieur était là avant moi.

— Vous désirez ? demanda l'employé à M. Grundeis.

— Voulez-vous me changer un billet de cent

marks contre deux de cinquante, s'il vous plaît, et me donner pour quarante marks de monnaie ? » demanda celui-ci en tirant de sa poche et posant sur la table un billet de cent marks et deux de vingt marks.

Le caissier saisit les trois billets et s'approcha de la caisse.

« Un instant ! s'écria le Professeur à haute voix. Cet argent-là est de l'argent volé !

— Quoi ? quoi ? » dit l'employé effrayé en se retournant ; ses collègues, plongés dans leurs calculs, à l'autre bout de la banque, cessèrent leur travail, et sursautèrent comme si un serpent les eût mordus.

« Cet argent n'appartient pas du tout au monsieur que voilà. Il l'a volé à l'un de mes amis, et maintenant il voudrait le changer pour faire disparaître toute trace de son vol.

— Je n'ai jamais vu encore pareille insolence ! » dit M. Grundeis ; tourné vers le caissier, il ajouta : « Excusez-moi ! » et en même temps il appliqua au Professeur une gifle retentissante.

« Ça ne change rien à la chose », dit le gamin et il envoya à Grundeis un tel coup dans l'estomac que celui-ci fut obligé de se retenir à la table. Au même moment, Gustave corna violemment trois fois de suite. Les employés de la banque sautèrent de leurs sièges et se précipitèrent dans la cage du caissier. Le directeur furieux bondit hors de son bureau.

Il appliqua au Professeur une gifle retentissante.

139

Par la porte, dix gamins, précédés d'Émile, faisaient irruption et entouraient l'homme au chapeau melon.

« Mille tonnerres ! Qu'ont-ils donc ces gaillards-là ? cria le directeur.

— Ces jeunes voyous prétendent que j'ai volé à l'un d'eux l'argent que je venais changer à votre banque, expliqua Grundeis, tremblant de rage.

— C'est la vérité ! s'écria Émile en bondissant vers le guichet. Il m'a volé un billet de cent marks et deux de vingt. Hier après-midi. Dans le train de Neustadt à Berlin. Pendant que je dormais.

— Vraiment ? Et peux-tu le prouver ? demanda sévèrement le caissier.

— Il y a une semaine que je suis à Berlin et je n'ai pas quitté la ville hier de toute la journée, dit le voleur avec un sourire obséquieux.

— Sacré menteur ! s'écria Émile qui pleurait presque de rage.

— Peux-tu prouver que ce monsieur est bien celui avec lequel tu te trouvais hier dans le train ? demanda le directeur.

— Il ne le peut naturellement pas, fit le voleur avec une indifférence voulue.

— Si tu étais seul avec lui dans le compartiment, tu n'as pas de témoin », dit l'un des employés... Les camarades d'Émile étaient tout interdits.

« Si ! s'écria Émile, si ! J'ai un témoin ! C'est

Mme Jacob, de Gross-Grünau. Elle était dans notre compartiment au début du voyage. Puis elle est descendue et elle m'a chargé de saluer de sa part M. Kurzhals de Neustadt.

— Il me semble que vous serez obligé de fournir un alibi, dit le directeur au voleur. Le pouvez-vous ?

— Naturellement, répondit celui-ci. Je demeure à l'hôtel Kreid...

— Seulement depuis hier soir ! s'écria Gustave. Je le sais, mon vieux, car je me suis glissé dans l'hôtel sous la livrée du groom. »

Les employés de la banque commençaient à sourire et regardaient les gamins avec intérêt.

« Le mieux est que nous conservions l'argent ici, jusqu'à nouvel ordre, monsieur... » dit le directeur, et il détacha une feuille de papier d'un bloc, pour inscrire les noms et les adresses.

« Il s'appelle Grundeis ! » s'écria Émile.

L'homme au chapeau melon ricana bruyamment et dit : « Vous voyez bien qu'il s'agit d'une confusion. Je m'appelle : Müller.

— Oh ! comme il ment ! Il m'a raconté lui-même, dans le train, qu'il s'appelait Grundeis.

— Avez-vous des papiers d'identité ? demanda le caissier.

— Non malheureusement, pas sur moi, répondit le voleur. Mais si vous voulez bien attendre un instant, je vais aller les chercher à mon hôtel.

— Le coquin ment effrontément ! Cet argent

m'appartient et je veux l'avoir, s'écria Émile.

— Même si c'est vrai, jeune homme, dit le caissier, les choses ne sont pas aussi simples que cela. Comment peux-tu prouver que cet argent est à toi ? Ton nom est-il écrit dessus ? Ou bien as-tu pris note des numéros des billets ?

— Naturellement non ! dit Émile. A-t-on l'habitude de penser qu'on va être détroussé ? Mais c'est tout de même mon argent, vous entendez ? Et ma mère me l'avait donné, pour le remettre à ma grand-mère, qui habite ici, 15, rue Schumann.

— As-tu remarqué si l'un des billets portait

un coin déchiré ou quelque chose de particulier ?

— Non, je n'ai rien remarqué.

— Messieurs, je vous donne ma parole d'honneur que cet argent m'appartient, déclara le voleur ; vous ne pensez pas que je voudrais voler des enfants !

— Attendez ! » s'écria soudain Émile, et il

Le voleur était déjà aux prises avec une vingtaine de gamins.

sauta en l'air, tant il se sentait tout à coup soulagé. « Attendez ! Dans le train, j'avais attaché mes billets à la doublure de ma poche avec une épingle. On doit voir les trous d'épingle dans ces billets. »

Le caissier regarda les coupures en transparence. Les respirations étaient suspendues.

Le voleur recula d'un pas. Le directeur, très nerveux, tambourinait sur la table.

« Le gamin a raison ! s'écria le caissier, tout pâle d'émotion. Les billets portent en effet des trous d'épingle.

— Et voici l'épingle qui les a faits, dit Émile

en posant fièrement l'épingle sur la table. Je m'y suis même piqué. »

Avec la rapidité de l'éclair, le voleur fit demi-tour, repoussa brutalement les gamins à droite et à gauche, traversa la salle en courant, se rua sur la porte et disparut.

« Courez après lui ! » s'écria le directeur.

Tout le monde se précipita.

Quand on arriva dans la rue, le voleur était déjà aux prises avec une vingtaine de gamins au moins. Ils s'accrochaient à ses jambes, se pendaient à ses bras, le tenaient par sa veste. Il se débattait vigoureusement. Mais ces gamins ne le lâchaient pas.

Un agent, que Pony Bibi avait été chercher à bicyclette, arrivait à toute vitesse. Le directeur lui conseilla d'arrêter l'homme ; Grundeis ou Müller, c'était vraisemblablement un voleur spécialisé dans les vols en chemin de fer.

S'octroyant un congé, le caissier alla chercher les billets et l'épingle et se joignit au défilé. Car c'était un vrai défilé. Le voleur entre l'agent et l'employé, et derrière eux quatre-vingt-dix à cent enfants ! Ils montaient la garde.

Pony Bibi suivait sur sa bicyclette ; elle fit un signe de tête amical à l'heureux Émile, et lui cria : « Émile, mon cher ! Je vais vite à la maison pour leur raconter toute l'histoire ! »

Le gamin lui répondit : « Je rentrerai à midi. Dis-leur bonjour pour moi ! »

Pony Bibi cria encore : « Savez-vous à quoi vous ressemblez ? A une colonie de vacances ! » Puis elle tourna le coin de la rue en faisant retentir bruyamment sa sonnette, comme d'habitude.

Chapitre 15

Émile
à la préfecture de police

La troupe se rendit au poste de police voisin. L'agent raconta au commissaire ce qui s'était passé. Émile compléta le récit. Puis il dut expliquer quand et où il était né, comment il s'appelait et où il demeurait. Le commissaire prenait des notes.

« Et comment vous appelez-vous ? demanda-t-il au voleur.

— Herbert Kiesling », répondit le misérable.

A ces mots, les gamins — Émile, Gustave et le Professeur — ne purent s'empêcher de rire. Et l'employé de la banque qui avait remis l'argent au commissaire se joignit à eux.

« Dieu ! quel numéro ! s'écria Gustave. Il

s'appelait d'abord Grundeis. Ensuite Müller. Maintenant c'est Kiesling! Je suis vraiment curieux de savoir comment il s'appelle pour de bon!

— Silence! gronda le commissaire. Nous allons tirer cela au clair!»

M. Grundeis-Müller-Kiesling donna son adresse à l'hôtel Kreid; puis la date et le lieu de sa naissance. Il n'avait aucun papier d'identité.

«Et où étiez-vous jusqu'à hier? lui demanda le commissaire.

— A Gross-Grünau, répondit-il.

— Encore un mensonge! s'écria le Professeur.

— Silence!» gronda de nouveau le commissaire.

Le caissier demanda s'il pouvait se retirer; on prit d'abord son état civil. Puis il tapa amicalement sur l'épaule d'Émile et s'en alla.

«Kiesling, avez-vous volé, hier, dans le train de Neustadt à Berlin, au jeune Émile Tischbein, cent quarante marks?

— Oui, avoua le voleur. Je ne sais plus comment cela s'est fait. Le gamin dormait dans son coin; l'enveloppe est tombée de sa poche; je l'ai ramassée et d'abord je ne voulais que regarder ce qu'elle contenait... Et je n'avais plus d'argent moi-même...

— Quel farceur! s'écria Émile. J'avais attaché mes billets à la poche de ma jaquette; ils ne pouvaient donc pas tomber.

— Et il n'en avait d'ailleurs pas si grand besoin, fit remarquer le Professeur. Sans cela, les billets d'Émile ne seraient pas restés intacts dans sa poche. Entre-temps il s'est payé un taxi, des sandwiches et de la bière.

— Silence ! répéta le commissaire. Nous allons tirer cela au clair. »

Et il notait tout ce qu'on lui racontait.

« Voulez-vous me permettre de m'en aller, monsieur l'agent ? demanda le voleur très poliment. Je vous ai rendu le montant du vol. Et vous savez où je demeure. J'ai quelques affaires à traiter à Berlin et quelques questions à régler.

— Vous voulez rire ! » dit le commissaire ; et il téléphona à la préfecture pour demander une voiture, car son poste avait pincé un voleur.

« Quand me rendra-t-on mon argent ? demanda Émile soucieux.

— A la préfecture de police ; on va vous y emmener tout de suite, et là-bas tout s'arrangera.

— Émile, mon vieux ! Dis donc ! on va te transporter dans le panier à salade, murmura Gustave.

— Quelle absurdité ! dit le commissaire. As-tu de l'argent, Tischbein ?

— Oui, répliqua Émile. Les gamins ont fait une collecte hier. Et le portier de l'hôtel Kried m'a avancé dix marks.

— De vrais détectives ! Polissons que vous êtes ! gronda le commissaire, mais son intonation était très bienveillante. Alors, Tischbein, tu vas prendre le métro jusqu'à la place Alexandre et tu te présenteras à l'huissier du tribunal correctionnel, M. Lurje. Et puis après tu verras. On te rendra ton argent là-bas.

— Faut-il que je rende d'abord au portier ses dix marks ? demanda Émile.

— Naturellement. »

L'auto de la préfecture arriva quelques minutes plus tard. Et M. Grundeis-Müller-Kiesling fut bien obligé d'y monter. On donna à l'agent qui était assis dans la voiture le procès-verbal écrit, les cent quarante marks et l'épingle. Et la voiture s'ébranla. Les enfants, massés dans la rue, ne se privèrent pas de huer le voleur. Mais celui-ci ne sembla pas s'en apercevoir. Il était peut-être très fier de rouler en voiture particulière.

Émile donna une poignée de main au commissaire et le remercia. Puis le Professeur expliqua aux enfants qui avaient attendu dehors qu'Émile allait retrouver son argent à la préfecture et que la chasse à l'homme était terminée. Seuls, les intimes accompagnèrent Émile à l'hôtel et à la station de la place Nollendorf. Il leur dit qu'il téléphonerait le plus tôt possible au petit Vendredi pour qu'il sache aussi comment les choses s'étaient passées. Il ajouta qu'il espérait bien les revoir avant de rentrer à Neustadt, qu'en tout cas il les remerciait de tout son cœur pour leur concours, et qu'il leur rendrait leur argent.

« Si tu l'oses, tu auras affaire à nous, dit Gustave. Au fait, nous devions nous boxer tous les deux ! A cause de ton drôle de costume !

— Ah ! je suis si content ! dit Émile en serrant les mains de Gustave et du Professeur. Laissons la boxe tranquille. Je n'aurais vraiment pas le cœur de t'envoyer au tapis !

— Et tu n'y arriverais pas, même si tu étais de mauvaise humeur ! » s'écria Gustave.

Les trois gamins entrèrent dans la préfecture. Ils parcoururent de longs corridors, et passèrent devant d'innombrables bureaux. Enfin, ils découvrirent l'huissier du tribunal correctionnel. Il était justement en train de déjeuner. Émile se présenta.

« Ah ! dit M. Lurje entre deux bouchées. Oui, Émile Tischbein, jeune détective amateur. Tu es annoncé par téléphone. Le juge veut te voir. Il t'attend. Viens avec moi. » Et il mordit encore une fois dans son sandwich.

« Nous t'attendons », dit le Professeur. Et Gustave ajouta : « Fais vite, mon vieux ! Je meurs de faim quand je vois les autres manger ! »

M. Lurje enfila de nouveaux corridors, tourna à gauche, puis à droite et encore à gauche. Puis il frappa à une porte. « Entrez ! » cria une voix à l'intérieur. Lurje entrouvrit la porte et annonça : « Le jeune détective est là, monsieur le Juge. Émile Fischbein, vous savez !

— Je m'appelle Tischbein, rectifia Émile.

— Un très joli nom, vraiment », répondit M. Lurje, en allongeant à Émile une tape qui le précipita dans le bureau.

Le juge était un homme aimable. Émile fut invité à s'asseoir dans un fauteuil confortable, et à raconter depuis le commencement et dans tous ses détails l'histoire du vol. Quand il eut fini, le juge lui dit solennellement :

« Bon, et maintenant voici ton argent !

— Dieu soit loué ! » Émile poussa un gros soupir de soulagement et mit son argent dans sa poche ; il l'y rangea avec grand soin.

« Mais ne te le laisse pas voler de nouveau !

— Non ! Pas de danger ! Je vais l'apporter tout de suite à grand-mère.

— C'est vrai. J'avais oublié ! Donne-moi donc ton adresse à Berlin. Est-ce que tu restes encore quelques jours ici ?

— J'espère bien, dit Émile. J'habite 15, rue Schumann, chez M. Heimbold. C'est le nom de mon oncle... et celui de ma tante aussi.

— Vous avez très bien mené votre affaire, dit le juge en allumant un gros cigare.

— Les camarades se sont bien débrouillés, c'est vrai ! s'écria Émile avec tout le feu de l'enthousiasme. Ce Gustave avec sa trompe de bicyclette, et le Professeur, et le petit Vendredi, et Krummbiegel, et les frères Mittenzwey, tous vraiment ! C'est un plaisir de travailler avec eux. Le Professeur surtout est un as !

— Eh bien, et toi-même tu n'es pas une gourde, il me semble, dit le juge, en tirant de grosses bouffées de son cigare.

— Je voudrais savoir, monsieur le juge, qu'est-ce qu'on va faire de Grundeis, de mon voleur, quel que soit son nom.

— Nous l'avons envoyé au service d'identification. Là, on va le photographier et prendre ses empreintes digitales. Puis nous comparerons sa photo et ses empreintes avec celles que nous avons au « sommier ».

— Qu'est-ce que c'est que ça ?

— Nous avons les photos de tous les criminels qui ont déjà été punis, et nous avons aussi les empreintes des pieds et des mains de beaucoup de criminels qu'on n'a pas encore pu attraper. Il est bien possible que ton voleur ait commis d'autres méfaits avant de te prendre ton argent. N'est-ce pas ?

— Oui sûrement. Je n'y avais pas pensé.

— Un moment ! » dit l'aimable juge, car la sonnerie du téléphone avait retenti. « Oui... une affaire intéressante pour vous... Venez donc dans mon bureau... », dit-il. Il posa l'écouteur : « Quelques journalistes vont venir tout de suite pour t'interviewer.

— C'est-à-dire ? demanda Émile.

— Ils veulent te poser des questions.

— Pas possible ! s'écria Émile. Mais alors ! Je serai dans le journal !

*« Pourquoi n'es-tu pas allé tout de suite
chercher un agent ? »*

— Probablement. Quand un gamin attrape un
voleur, il devient célèbre. »

On frappait à la porte. Quatre messieurs
entrèrent. Le juge leur tendit la main et leur
résuma l'aventure d'Émile. Les quatre messieurs
se mirent à écrire.

« Excellent ! conclut l'un des reporters. Le
petit paysan détective !

— Vous allez peut-être l'engager dans vos
services, ajouta un autre en riant.

— Pourquoi n'es-tu pas allé tout de suite chercher un agent pour lui raconter ton histoire ? » demanda le troisième.

Émile eut un peu d'angoisse. Il pensait à Jeschke, le gendarme de Neustadt, et à son rêve. Il eut froid dans le dos.

« Oui, pourquoi ? » dit le juge d'un ton engageant.

Émile leva les épaules et répondit : « Eh bien, voilà ! C'est parce que, à Neustadt, j'ai peint un nez rouge et une moustache sur la statue du Grand-Duc. Voulez-vous m'arrêter, monsieur le Juge ? »

Et les cinq messieurs, au lieu de faire des visages sévères, éclatèrent de rire. Le juge s'écria : « Voyons, Émile, nous n'allons pas jeter en prison l'un de nos meilleurs détectives !

— Non ? Vraiment ? Oh ! je suis bien content », dit le gamin soulagé. S'approchant de l'un des reporters :

« Ne me reconnaissez-vous pas ? demanda-t-il.

— Non.

— Pourtant, hier, dans un tramway de la ligne 177, vous m'avez payé ma place, parce que je n'avais pas d'argent.

— Parfaitement. Je me souviens à présent. Tu voulais même savoir mon adresse pour me rendre ma monnaie.

— La voulez-vous ? demanda Émile qui tira dix pfennigs de sa poche.

154

— Voyons, laisse ça. Ne t'étais-tu pas présenté à moi ?

— Si, je le fais souvent. Je m'appelle Tischbein.

— Et moi Kästner », répondit le journaliste ; ils échangèrent une poignée de main.

« C'est splendide ! s'écria le juge. Vous voici donc de vieilles connaissances !

— Écoute, Émile, dit M. Kästner, veux-tu venir avec moi à la rédaction ? Nous commencerons par aller manger quelques gâteaux à la crème.

— Puis-je vous inviter ? demanda Émile.

— Quel amour-propre, ce gamin ! » Les journalistes étaient ravis.

« Non, tu me laisseras t'inviter, dit Kästner.

— Très volontiers. Mais le Professeur et Gustave m'attendent.

— Nous les emmènerons, naturellement », déclara Kästner.

Les autres journalistes avaient encore mille questions à poser. Émile leur donna des précisions dont ils prirent note.

« Le voleur est-il un débutant ? demanda l'un d'eux.

— Je ne crois pas, répondit le juge. Il se pourrait même que nous ayons une grosse surprise. Appelez-moi donc au téléphone dans une heure, messieurs. »

On se sépara. Émile, accompagné de Kästner,

alla retrouver M. Lurje. Celui-ci mangeait toujours et s'exclama :

« Ah ! voici le petit Uberbein !

— Tischbein ! » rectifia Émile.

M. Kästner fit monter Émile, Gustave et le Professeur dans sa voiture et les conduisit d'abord dans une pâtisserie. Pendant le trajet, Gustave fit retentir sa trompe, et les gamins se pâmèrent devant le sursaut de Kästner. Dans la pâtisserie ils se montrèrent très en train. Ils mangèrent des tartes et des gâteaux à la crème, et racontèrent tout ce qui leur passait par la tête. Ils parlèrent du conseil de guerre de la place Nikolsburger, de la poursuite en auto, de leur nuit à l'hôtel, du déguisement de Gustave, du scandale à la banque. A la fin, Kästner déclara : « Vous êtes trois gaillards ! »

Ils se sentirent très fiers et mangèrent encore quelques tartes. Gustave et le Professeur prirent ensuite un autobus. Émile promit de téléphoner le jour même au petit Vendredi, et il entra avec M. Kästner dans les bureaux de la rédaction.

L'immeuble qui abritait le journal était immense. Presque aussi grand que la préfecture de police. Les couloirs étaient remplis de gens qui couraient fiévreusement. On eût dit qu'ils fuyaient un tremblement de terre.

Émile et Kästner entrèrent dans un bureau occupé par une charmante jeune fille blonde.

Kästner, en arpentant le bureau, dicta à la dactylo ce que lui avait raconté Émile. Il s'arrêtait de temps en temps, et demandait : « C'est bien ça, n'est-ce pas ? » Émile approuvait et l'autre recommençait à dicter.

Puis il appela le juge au téléphone.

« Qu'est-ce que vous dites ? s'écria Kästner, devant l'appareil ! Oh ! ça, c'est formidable ! Il ne faut pas que je le lui dise encore ? Vraiment ?... Je suis enchanté... Merci mille fois... Quelle affaire !... »

Il raccrocha, regarda le gamin comme s'il ne l'avait pas encore vu : « Émile, viens avec moi, dit-il, nous allons te faire photographier ! »

« Ça alors ! » se dit Émile au comble de l'étonnement. Mais obéissant, il suivit M. Kästner trois étages plus haut, dans une pièce très éclairée par de grandes fenêtres ; il se recoiffa et fut photographié.

Pour finir, M. Kästner l'emmena dans la salle de composition — quel tintamarre ! — où il remit les feuilles de papier tapées par la demoiselle blonde, et annonça qu'il allait revenir tout de suite, car il était arrivé quelque chose de très important, mais il devait d'abord renvoyer Émile chez sa grand-mère.

Ils descendirent au rez-de-chaussée par l'ascenseur, et sortirent de l'immeuble. M. Kästner héla un taxi, mit Émile dedans, donna de l'argent au chauffeur, malgré les protestations du gamin et dit : « Conduisez mon jeune ami rue Schumann, 15. »

Ils échangèrent une cordiale poignée de main. M. Kästner ajouta : « Salue ta mère de ma part quand tu reviendras à la maison. Ce doit être une excellente femme.

— Je vous crois ! dit Émile.

— Et puis, cria encore Kästner, tandis que l'auto démarrait, n'oublie pas de lire le journal ce soir. Tu seras étonné de ce que tu y verras ! »

Émile se retourna et salua amicalement.

Et l'auto disparut dans un tournant.

Chapitre 16

Le juge envoie
ses compliments

L'automobile arrivait sur l'avenue Unter den Linden. Émile cogna à la vitre. La voiture s'arrêta. Le gamin demanda : « Nous arrivons bientôt, monsieur ?

— Oui, répondit le chauffeur.

— Je regrette de vous déranger, mais il faut d'abord que je passe Kaiserallee. Au café Josty. J'ai laissé là-bas ma valise et un bouquet de fleurs pour ma grand-mère. Seriez-vous assez aimable ?...

— Il ne s'agit pas d'être aimable ! As-tu de l'argent, si celui que j'ai reçu ne suffit pas ?

— Oui, j'en ai, monsieur. Et il me faut absolument mes fleurs.

— Bon, bon », fit l'homme. Il tourna à gauche

et passa sous la porte de Brandebourg, traversa le Tiergarten, bien ombragé et tout vert, et arriva place Nollendorf ; Émile trouvait maintenant à la place un aspect beaucoup plus innocent. Il tâta prudemment sa poche. L'argent y était bien.

Puis ils montèrent la rue Motz, jusqu'au bout, tournèrent à droite et s'arrêtèrent devant le café Josty.

Émile descendit, alla au comptoir, pria la jeune employée de bien vouloir lui rendre ses fleurs et sa valise ; il reçut son bien, remercia, remonta en auto et dit : « Allez, monsieur le chauffeur ! et maintenant chez grand-mère ! »

Ils firent demi-tour, traversèrent la Sprée, et prirent de vieilles rues aux maisons toutes noires. Le gamin aurait bien volontiers regardé de tous côtés. Mais il n'y avait pas moyen. Sa valise glissait toujours, ou bien le vent arrachait le papier qui entourait ses fleurs et le déchirait. Émile devait faire attention que son bouquet ne s'envolât pas à son tour.

L'auto s'arrêta. On était arrivé 15, rue Schumann.

« Nous y voici, dit Émile en descendant. Vous dois-je encore de l'argent ?

— Non ! C'est moi qui te dois trente pfennigs.

— Bon ! Eh bien, vous vous achèterez des cigares avec.

— Je chique, jeune homme ! » rétorqua le chauffeur ; et il s'en alla.

Émile monta au troisième étage et sonna chez les Heimbold. On entendit un grand cri derrière la porte. Puis on ouvrit. La grand-mère était sur le seuil, elle saisit Émile par le cou, et lui donna en même temps un baiser sur la joue gauche et une tape sur la joue droite ; puis elle le fit entrer en lui tirant l'oreille et en criant : « Maudit gredin ! Maudit gredin !

— C'est du joli, tout ce que nous avons entendu raconter ! » dit la tante Martha avec bienveillance et elle lui tendit la main. Pony Bibi lui offrit son coude ; elle portait un tablier de sa mère et s'écria : « Attention ! J'ai les mains mouillées. Je suis en train de laver la vaisselle. Ah ! pauvres femmes que nous sommes ! »

Ils pénétrèrent tous les quatre dans la salle à manger. Émile dut s'asseoir sur le divan ; grand-mère et tante Martha le considéraient comme elles eussent contemplé un objet très précieux.

« Tu as le fric ? demanda Pony Bibi.

— Évidemment ! » Émile sortit les trois billets de sa poche, et donna cent vingt marks à sa grand-mère en disant : « Voici l'argent, grand-mère. Et maman t'embrasse bien. Elle te prie de ne pas lui en vouloir si elle ne t'a rien envoyé le mois dernier. Les affaires n'allaient pas très bien. Mais c'est pour ça qu'elle t'en envoie aujourd'hui un peu plus.

— Je te remercie bien, mon garçon », répon-

dit la vieille femme, et elle lui rendit le billet de
vingt marks : « Voilà pour toi ! Tu l'as bien
mérité ; tu as été un si bon détective.

— Non, grand-mère, je ne veux pas. Maman
m'a déjà donné vingt marks.

— Émile ! On doit toujours obéir à sa grand-
mère. Allez ! garde ça !

— Non, je ne veux pas !

— Quel type ! s'écria Pony Bibi. C'est moi
qui ne me le ferais par dire deux fois !

— Ah ! non, je t'en prie, grand-mère.

— Si tu ne le prends pas, la colère va me
donner une crise de rhumatismes, expliqua-t-elle.

— Vite ! mets ce billet de côté ! dit tante
Martha, en le lui fourrant dans sa poche.

— Bon ! Alors, si vous le voulez absolument !
gémit Émile. Merci beaucoup, grand-mère.

— C'est moi qui te remercie. C'est moi qui te
remercie », répliqua-t-elle, en caressant les cheveux du gamin.

Émile saisit son bouquet. Pony alla chercher
un vase. Mais lorsque les fleurs furent dépa-
quetées, on ne savait plus s'il fallait rire ou
pleurer de les voir dans cet état...

« De vrais légumes secs ! s'écria Pony.

— Elles n'ont pas eu d'eau depuis hier après-
midi, expliqua Émile, mélancolique. Ce n'est pas
étonnant qu'elles soient fanées. Quand nous les
avons achetées hier, maman et moi, elles étaient
très fraîches.

— Je le crois, je le crois, dit la grand-mère, et elle plaça les fleurs dans l'eau.

— Elles reviendront peut-être, ajouta la tante Martha. Allons, venez déjeuner maintenant. Ton oncle ne revient que le soir pour dîner. Pony, mets le couvert !

— Oui, répondit la fillette. Émile, devine ce qu'il y a pour déjeuner ?

— Je n'en ai aucune idée.

— Qu'est-ce que tu préfères ?

— Du macaroni au jambon.

— Alors... tu sais ce qu'il y a. »

Émile avait mangé du macaroni au jambon pas plus tard que la veille. Mais premièrement on accepte très aisément de manger presque tous les jours son plat préféré, et ensuite Émile avait l'impression qu'une semaine au moins s'était écoulée depuis qu'il avait déjeuné avec sa mère à Neustadt. Il se jeta sur le macaroni, comme s'il eût été M. Grundeis-Müller-Kiesling en personne.

Après le déjeuner les enfants allèrent un peu courir dans la rue, parce que Émile voulait essayer la bicyclette de Pony. Grand-mère s'allongea sur le divan. Et tante Martha mit au four un de ses gâteaux aux pommes, célèbres dans la famille.

Émile pédalait le long de la rue Schumann. Bibi courait derrière lui et le tenait par la selle ; elle prétendait que c'était nécessaire pour empê-

163

cher son cousin de tomber. Puis quand il fut
descendu, elle prit sa place et lui montra comment elle faisait des cercles, des trois et des huit.

Un agent de police portant une serviette de
cuir s'avança vers eux : « Mes enfants, au
numéro 15 de cette rue habite bien la famille
Heimbold, n'est-ce pas ?

— Oui, dit Pony. C'est nous. Un moment,
monsieur le Major. » Et elle rangea sa bicyclette
à la cave.

« Est-il arrivé quelque chose de grave ? »
demanda Émile. Il se rappelait toujours ce
maudit Jeschke.

« Au contraire. Est-ce toi le jeune Émile
Tischbein ?

— Oui.

— Eh bien, on peut vraiment te féliciter !

— De quoi ? » s'enquit Pony qui revenait vers
eux.

Mais l'agent ne voulait rien dire, et il monta
l'escalier. Tante Martha le fit entrer dans la salle
à manger. La grand-mère s'éveilla, et se redressa,
toute curieuse. Émile et Bibi, devant la table,
attendaient dans une impatience fébrile.

« Voici l'affaire, dit l'agent, et il ouvrit sa
serviette. Le voleur qu'Émile Tischbein a fait
arrêter aujourd'hui est identifié : c'est un bandit
que l'on recherchait depuis quatre semaines à
Hanovre. Ce misérable a commis dans une
banque un vol très important. Notre service

d'identification l'a reconnu. Il a déjà avoué d'ailleurs. On a retrouvé une grosse somme d'argent cachée dans sa doublure. Des billets de mille marks.

— Ah ! ça, c'est une affaire, s'écria Pony.

L'agent tira de sa serviette une liasse de billets.

— La banque, continua l'agent, a promis une prime, il y a quinze jours, pour celui qui découvrirait le coupable ; c'est à toi qu'on la donne, ajouta-t-il en se tournant vers Émile, puisque tu as fait prendre le voleur. Le juge t'envoie ses compliments et se réjouit de savoir ton habileté ainsi récompensée. »

Émile s'inclina.

L'agent tira de sa serviette une liasse de billets et les étala sur la table en les comptant. Quand il eut fini, tante Martha qui l'avait regardé faire très attentivement, murmura : « Mille marks !

— Peste ! » s'écria Pony.

Grand-mère signa un reçu. Et l'agent s'en alla. Mais auparavant tante Martha lui fit prendre un grand verre d'eau-de-vie qu'elle tira de l'armoire de l'oncle.

Émile s'était assis à côté de sa grand-mère et ne pouvait proférer une parole. La vieille femme l'entoura de ses bras et secouant la tête : « Ce n'est pas croyable, dit-elle, ce n'est pas croyable. »

Pony Bibi, grimpée sur une chaise, se mit à battre la mesure, comme si elle conduisait un chœur, et elle chanta : « Nous inviterons, nous inviterons la bande à goûter !

— Oui, dit Émile, sûrement. Mais avant tout... peut-être... Maman pourrait-elle... venir aussi à Berlin ? Qu'en pensez-vous ? »

Chapitre 17

Mme Tischbein
est très agitée

Le lendemain matin, Mme Wirth, la femme du boulanger de Neustadt, sonnait à la porte de Mme Tischbein.

« Bonjour, madame Tischbein, dit-elle. Comment allez-vous ?

— Bonjour, madame Wirth. Je suis bien ennuyée ! Je n'ai pas encore reçu un seul mot de mon garçon. Chaque fois qu'on sonne, je crois que c'est le facteur. Faut-il vous faire une ondulation ?

— Non. Je suis venue pour... parce que j'avais quelque chose à vous communiquer.

— Je vous en prie, dit Mme Tischbein.

— Émile vous envoie tous ses...

— Grand Dieu ! Qu'est-ce qui lui est arrivé ?

Où est-il ? Que savez-vous ? » s'écria Mme Tischbein. Elle était terriblement agitée, et levait
anxieusement les bras au ciel.

« Mais, il va très bien, ma chère. Très, très
bien, même ! Il a attrapé un voleur. Pensez
donc ! Et la police lui a donné une récompense
de mille marks. Qu'en dites-vous ? Hein ? Et il
faut que vous preniez le train de midi pour
Berlin.

— Mais comment savez-vous tout cela ?

— Votre sœur, Mme Heimbold, vient de me
téléphoner de Berlin au magasin. Émile m'a dit
aussi quelques mots. Il vous attend là-bas !
Maintenant que vous avez tellement d'argent,
c'est ce que vous avez de mieux à faire.

— Oui, oui... évidemment, murmura Mme
Tischbein bouleversée. Mille marks ? Pour avoir
pris un voleur ? Comment a-t-il eu cette idée ?
Il ne fait jamais que des sottises !

— Mais il a été bien récompensé ! Mille
marks ! C'est une somme !

— Pensez-vous, voyons ! Mille marks !

— Bon, bon, on voit des choses pires ! Enfin,
partez-vous ?

— Naturellement. Je n'aurai plus un instant
de tranquillité tant que je n'aurai pas revu mon
garçon.

— Alors, bon voyage ! Et prenez bien du
plaisir.

— Merci beaucoup, madame Wirth », et

Mme Tischbein ferma sa porte en hochant la tête.

Une surprise plus grande encore l'attendait l'après-midi, dans le train de Berlin. En face d'elle un monsieur lisait le journal. Mme Tischbein était nerveuse, elle regardait à droite et à gauche, comptait les fils du télégraphe qui se balançaient devant la fenêtre, et aurait voulu courir derrière le train pour le pousser. Il allait trop lentement à son gré.

Tout à coup, en tournant la tête, son regard tomba sur le journal que le voyageur lisait en face d'elle.

« Grand Dieu ! » s'écria-t-elle, et elle arracha le journal des mains du monsieur. Il pensa qu'elle était devenue folle, et ne se sentit pas très rassuré.

« C'est, c'est... »

Elle pouvait à peine parler.

« C'est mon garçon ! » et elle montrait une photographie sur la première page du journal.

« Il fallait donc le dire ! s'écria le monsieur ravi. Alors vous êtes la mère d'Émile Tischbein ? C'est un fameux gaillard. Mes compliments, madame Tischbein, mes compliments !

— Bon, bon, dit-elle. Couvrez-vous, monsieur, je vous prie. » Et elle commença à lire l'article. Le titre était imprimé en grosses lettres :

UN TOUT JEUNE DÉTECTIVE
ET CENT ENFANTS DE BERLIN
SUR LES TRACES DU VOLEUR.

Suivait un récit très détaillé de l'aventure d'Émile depuis son départ de la gare de Neustadt jusqu'à la préfecture de police à Berlin. Mme Tischbein était devenue toute pâle. Et le journal tremblait dans ses mains ; ce n'était pas le courant d'air qui en était la cause, car la fenêtre était fermée. Le monsieur attendait avec impatience qu'elle eût fini de lire. Mais l'article était très long. Il remplissait presque toute la première page. Au milieu trônait la photo d'Émile.

Enfin Mme Tischbein posa le journal, regarda le monsieur, et dit : « A peine est-il seul, voilà les histoires qui lui arrivent. Et je lui avais tellement recommandé de bien veiller sur ses cent quarante marks ! Comment a-t-il pu être si négligent ! Il sait pourtant bien que nous n'avons pas d'argent de reste à nous laisser voler !

— Il était sans doute fatigué. Peut-être même le voleur l'a-t-il hypnotisé. Ce sont des choses qui arrivent, répondit le monsieur. Mais ne trouvez-vous pas que ces gamins ont mené l'affaire merveilleusement ? C'est vraiment fantastique ! génial ! sensationnel !

— Oui, certainement, répondit Mme Tischbein, flattée. Mon petit est un garçon intelligent. Il est toujours le premier de sa classe. Il est très studieux. Mais songez donc ! S'il lui était arrivé quelque chose ? J'ai les cheveux qui s'en dressent sur la tête, bien que tout cela soit passé depuis longtemps. Non, je ne pourrai jamais plus le laisser voyager seul. J'en mourrais d'inquiétude.

— Est-ce que sa photographie lui ressemble ? » demanda le monsieur.

Mme Tischbein considéra encore attentivement la photo d'Émile : « Oui, dit-elle. Beaucoup. Comment le trouvez-vous ?

— Formidable ! s'écria le monsieur. Un vrai gaillard, qui deviendra quelqu'un plus tard.

— Il aurait bien pu s'arranger un peu plus soigneusement, gronda la mère. Sa veste fait des plis. Je lui dis toujours de la déboutonner avant de s'asseoir. Mais il n'écoute rien !

— S'il n'a pas de plus grave défaut !... dit en riant le monsieur.

— Non, en vérité, il n'a pas de défaut, mon Émile », répondit Mme Tischbein ; dans son émotion elle se tamponnait le nez. Puis le voyageur descendit. Mme Tischbein avait gardé le journal, et elle relut les aventures d'Émile. Elle les relut onze fois de suite.

Quand elle arriva à Berlin, Émile l'attendait sur le quai. Pour faire honneur à sa mère, il avait mis son beau costume. Il lui sauta au cou en criant : « Eh bien, qu'en dis-tu ?

— Ne sois donc pas si vaniteux, polisson !

— Ah ! madame Tischbein, dit-il en l'embrassant, je me réjouis tellement de te voir ici !

— Ton costume ne s'est pas arrangé pendant la chasse au voleur », dit la mère. Mais sa voix ne contenait pas trace de mécontentement.

« Si tu veux, je pourrai avoir un costume neuf.

— Et comment donc ?

— Un commerçant nous propose, au Professeur, à Gustave et à moi, de nous donner des costumes ; et il annoncera dans le journal que les jeunes détectives que nous sommes ne s'habillent que chez lui. C'est de la publicité, tu comprends ?

— Oui, je comprends.

— Mais nous allons sans doute refuser ; quoiqu'il nous propose, au lieu d'un costume pas drôle, un ballon de football pour chacun, ajouta Émile en se rengorgeant. Seulement voilà ! Tout ce raffut qu'on fait autour de nous, ça ne tient pas debout. C'est bon pour les grandes personnes ; elles adorent ça ! Mais pour nous... bof !

— Bravo ! dit la mère.

— L'oncle Heimbold a mis l'argent sous clef. Mille marks ! ce n'est pas rien ! Avant tout, nous irons t'acheter un séchoir électrique pour les cheveux, et un manteau doublé de fourrure pour l'hiver. Et pour moi ?... Il faut d'abord que je réfléchisse. Peut-être un ballon de football, ou un appareil photo. C'est à voir.

— Il me semble que nous ferions mieux de déposer cet argent dans une banque. Plus tard tu en trouveras facilement l'emploi.

— Non, tu auras le séchoir électrique et le manteau chaud. Nous placerons le reste si tu y tiens.

— On verra ça, dit la mère en lui serrant le bras.

— Sais-tu que ma photo est dans tous les journaux ? Et qu'ils ont tous publié de longs articles sur moi ?

— J'en ai déjà lu un dans le train. J'ai été très inquiète, Émile. Ne t'est-il rien arrivé de fâcheux ?

— Absolument pas ! C'était génial ! Je te raconterai... Mais il faut d'abord que je te présente à mes amis.

— Où sont-ils donc ?

— Rue Schumann. Chez tante Martha. Elle a fait des gâteaux aux pommes hier, et nous avons invité toute la bande. Ils sont à la maison en ce moment et s'amusent comme des fous. »

Chez les Heimbold régnait un bruit infernal. Tous les gamins étaient là : Gustave, le Professeur, Krummbiegel, les frères Mittenzwey, Gérold, Frédéric Iᵉʳ, Traugott, le petit Vendredi, etc., etc. On n'avait pas assez de chaises. Pony Bibi, armée d'un grand pot, versait du chocolat chaud à la ronde. Et le gâteau aux pommes de tante Martha était un poème ! La grand-mère, assise sur le divan, souriait, et paraissait rajeunie de dix ans.

Lorsque Émile et sa mère entrèrent, on recommença les présentations. Mme Tischbein serra la main de chacun et les remercia tous d'avoir si bien aidé Émile.

« Dites donc ! déclara Émile ; nous n'accepterons ni les costumes, ni les ballons. Nous ne permettrons pas qu'on fasse de la publicité sur notre dos. C'est entendu ?

— Entendu ! » s'écria Gustave ; et il corna si fort que les pots de fleurs de tante Martha en tremblèrent.

Puis la grand-mère frappa sur sa tasse avec sa cuiller ; elle se leva et dit : « Écoutez-moi, jeunes gens ! Je vais vous faire un discours. Mais n'ayez pas d'illusions ! Je n'ai pas l'intention de vous faire des compliments ; les autres vous en ont fait déjà bien trop ! Moi je ne veux pas, non, je ne veux pas ! »

Les enfants, soudain très silencieux, osaient à peine continuer à manger.

« Se faufiler derrière un voleur, continua la grand-mère, et se mettre à vingt pour l'attraper, là vraiment ! ce n'est pas du grand art ! Est-ce que cela vous vexe, enfants ? Mais parmi vous il y en a un qui aurait bien volontiers couru aussi derrière M. Grundeis. Lui aussi, il aurait bien volontiers fait l'espion sous la livrée verte du chasseur. Mais il est resté à la maison, parce qu'il avait assumé la responsabilité d'y rester. »

Tous les regards se tournèrent vers le petit Vendredi, très intimidé et rouge comme une écrevisse.

« Oui justement. C'est au petit Vendredi que je pense. Justement ! dit la grand-mère. Il est resté au téléphone deux jours. Il a su faire son devoir, même si ce devoir ne lui plaisait pas, c'était très beau de sa part. Prenez exemple sur lui ! Et maintenant, levons-nous tous et crions : « Vive le petit Vendredi ! »

Les gamins bondirent. Pony Bibi mit ses mains en cornet devant sa bouche. Tante Martha et la mère d'Émile sortirent de la cuisine et tous crièrent : « Vive le petit Vendredi ! Vive le petit Vendredi ! »

Puis tout le monde se rassit. Et le petit Vendredi, après une profonde aspiration, déclara : « Je vous remercie beaucoup. Mais c'est trop, vraiment ! Vous en auriez tous fait autant ! Évidemment ! Le devoir avant tout ! Basta ! »

Pony Bibi leva son pot de chocolat bien haut et demanda : « Qui en veut encore ? Nous allons boire à la santé d'Émile, cette fois-ci ! »

Chapitre 18

Que nous apprend
cette histoire ?

A la fin de la journée, les gamins prirent congé. Émile dut promettre solennellement d'aller le lendemain, avec Pony, chez le Professeur. Puis l'oncle rentra et l'on se mit à table. Après le dîner, l'oncle donna les mille marks à sa belle-sœur, Mme Tischbein, et il lui conseilla de les déposer dans une banque.

« C'était bien, en effet, mon intention, dit-elle.

— Non ! s'écria Émile. Il faut que maman s'achète un séchoir électrique et un manteau doublé de fourrure. Je ne vous comprends pas ! Cet argent m'appartient, et je peux en faire ce que je veux ! Oui ou non ?

— Tu ne peux pas du tout en faire ce que tu veux, expliqua l'oncle. Tu n'es encore qu'un enfant ; et c'est à ta mère à décider pour toi de l'emploi de ton argent. »

Émile sortit de table et s'approcha de la fenêtre.

« Grand Dieu, Heimbold, à quoi penses-tu ? dit Pony Bibi à son père. Tu ne comprends donc pas la joie qu'aurait Émile à offrir quelque chose à sa mère ? Vous êtes vraiment bouchées quelquefois, vous autres, les grandes personnes !

— Mais bien sûr qu'il pourra lui donner le séchoir électrique et le manteau, dit la grand-mère. Ce qui restera on le mettra à la banque, n'est-ce pas, mon petit ?

— Oui, répondit Émile. C'est entendu, dis, maman ?

— Si tu y tiens absolument, espèce de richard !

— Nous irons faire nos achats demain matin. Pony, tu viendras avec nous ? s'écria Émile satisfait.

— Penses-tu que je resterais à attraper des mouches en attendant ? répondit la fillette. Mais il faudra que tu t'achètes aussi quelque chose. Tante Tischbein aura son séchoir, mais toi tu t'achèteras une bicyclette, de façon à ne pas démolir celle de ta cousine en montant dessus.

— Émile, interrogea Mme Tischbein inquiète, as-tu cassé la bicyclette de Pony ?

— Mais non, maman, je lui ai seulement

remonté un peu la selle ; la sienne était ridicu-
lement basse, comme pour un singe ; maintenant
elle aura l'air d'une amazone.

— Singe toi-même ! s'écria Pony. Si tu détra-
ques encore ma bicyclette, c'est fini entre nous !
Tu as compris ?

— Si tu n'étais pas une fille, si tu n'étais pas
mince comme une allumette, je t'apprendrais à
vivre, ma petite. Je ne veux pas me mettre en
colère aujourd'hui d'ailleurs, mais ce que j'achèterai ou n'achèterai pas avec mon argent, ça ne
te regarde pas. » Et Émile enfonça ses deux
poings dans les poches de son pantalon.

« Battez-vous, mais ne vous disputez pas »,
dit la grand-mère avec calme. Et la discussion
en resta là.

Plus tard, Heimbold descendit promener le
chien. En vérité, les Heimbold n'avaient pas du
tout de chien, mais c'était l'explication que
donnait Pony quand son père sortait le soir
pour aller boire un verre de bière.

La grand-mère, les deux femmes, Pony et
Émile étaient restés à la salle à manger ; ils
s'entretenaient des dernières journées si pleines
d'émotions et d'événements.

« Cette histoire aura peut-être en fin de compte
un bon côté, dit tante Martha.

— Bien sûr, répondit Émile ; j'en ai au moins
tiré une leçon : Il ne faut se fier à personne. »

Et sa mère ajouta : « Quant à moi, j'en conclus

qu'il ne faut jamais laisser les enfants voyager seuls.

— Sornettes ! déclara la grand-mère. Vous n'y êtes pas du tout !

— Sornettes ! Sornettes ! Sornettes ! chanta Pony Bibi et elle sauta à cheval sur une chaise qu'elle fit courir à travers la chambre.

— Tu crois donc qu'il n'y a aucune leçon à tirer de cette histoire ? demanda la tante Martha.

— Si.

— Laquelle alors ? s'écrièrent les deux femmes d'une même voix.

— Il ne faut envoyer de l'argent que par mandat-poste, dit la grand-mère toute secouée de rire.

— Bravo ! » s'écria Pony à cheval sur sa chaise.

Comment j'ai écrit ce livre....

Comment est né ce livre......

Comment est né ce livre

Je peux bien vous l'avouer : l'idée d'écrire l'histoire d'Émile m'est venue d'une façon très inattendue. C'était un tout autre livre que je voulais écrire. Un livre dans lequel on devait voir les tigres claquer des dents de frayeur, et les dattes s'entrechoquer avec les noix de coco. Et la petite fille du cannibale, à carreaux noirs et blancs, qui traversait à la nage l'océan Pacifique pour aller à San Francisco chercher une brosse à dents chez Drinkwater et Cie devait s'appeler Petersilie, de son prénom naturellement.

Je songeais à un vrai roman des mers du Sud *... parce que, une fois, un monsieur, qui portait toute sa barbe, m'avait dit que vous aimez beaucoup ces histoires.

* Voir *Le 35 mai*.

Les trois premiers chapitres étaient achevés. Le chef de la tribu, Rabenaas, surnommé « Le Courrier rapide », détachait son couteau de poche, piquait une pomme cuite, mettait dessus du sang froid, et comptait aussi vite que possible jusqu'à cent quatre-vingt-dix-sept...

Soudain, il me fut impossible de retrouver combien les baleines ont de jambes. Je me couchai tout de mon long sur le plancher, position qui m'est particulièrement favorable pour réfléchir, et je réfléchis. En vain. Alors je cherchai dans le dictionnaire encyclopédique, d'abord à B, puis par précaution à M (mammifères) ; je ne trouvai nulle part mon renseignement. Et cependant, pour continuer mon livre, il me fallait absolument être fixé sur ce point, et avec la plus extrême précision.

Car si, à cet instant, la baleine était sortie de la forêt, Rabenaas, dit Le Courrier rapide, n'aurait jamais pu l'atteindre. Et s'il n'avait pas touché la baleine avec la pomme cuite, la petite fille du cannibale, à carreaux noirs et blancs, qui s'appelait Petersilie, n'aurait jamais rencontré la chercheuse de diamants Lehmann.

Et si Petersilie n'avait pas rencontré Mme Lehmann, elle n'aurait pas épousé le valeureux Gutschein que l'on devait exhiber à San Francisco, chez Drinkwater et Cie, quand on voulait avoir gratis une brosse à dents toute neuve. Et alors...

182

Mon roman des mers du Sud — et il m'avait donné par avance tant de joies — s'écroulait, pour ainsi dire, aux pieds de la baleine. Vous me comprendrez, j'espère : j'en conçus une peine terrible. Et Mlle Fiedelbogen en aurait presque pleuré quand je lui ai raconté ce qui m'arrivait. Mais elle n'en avait pas le temps et dut remettre ses larmes à plus tard, car elle était en train de disposer le couvert pour le dîner. Après elle n'y a plus pensé. Les femmes sont ainsi faites !

J'avais l'intention d'appeler mon livre *Petersilie dans la Forêt vierge*. Un titre merveilleux, n'est-ce pas ? Les trois premiers chapitres sont chez moi sous un des pieds de ma table, pour l'empêcher de basculer. Mais est-ce une situation normale pour un roman qui se passe dans les mers du Sud ?

Le garçon de café Nietenführ, avec qui je m'entretiens parfois de mon travail, me demanda, quelques jours plus tard, si j'avais jamais été là-bas.

« Où ça, là-bas ? demandai-je.

— Eh bien, dans ces mers du Sud, en Australie, et à Sumatra et à Bornéo ?

— Non, dis-je, mais pourquoi donc ?

— Parce qu'on ne devrait écrire que sur les choses qu'on connaît et qu'on a vues.

— Ah ! pardon, cher monsieur Nietenführ !

— C'est clair comme le jour ! Voyez les

Neugebauers qui fréquentent notre restaurant : ils ont pris un jour une servante qui n'avait encore jamais vu préparer de volaille. A Noël, elle devait faire une oie rôtie ; Mme Neugebauers était sortie pour ses achats ! Quand elle est rentrée, quel beau gâchis elle a trouvé ! La bonne avait mis l'oie au four telle qu'elle l'avait achetée au marché : sans la flamber, sans l'ouvrir, sans la vider ! Une épouvantable puanteur s'en dégageait, je vous le dis à l'oreille.

— Oui, et après ? Vous ne prétendez pas pourtant qu'écrire un livre ou faire rôtir une oie ce soit la même chose ? Excusez-moi, mon cher Nietenführ, et laissez-moi rire ! »

Il attendit patiemment que j'eusse fini de rire. Ça ne dure jamais bien longtemps. Puis il me dit : « Votre mer du Sud, vos mangeurs d'hommes, vos récifs de corail, tout ça, c'est votre oie. Le roman, c'est le four dans lequel vous voulez rôtir l'océan Pacifique, et la Petersilie et le tigre. Et si vous ne savez seulement pas comment on s'y prend pour faire cuire cette volaille, il se pourrait bien qu'il en sorte une merveilleuse puanteur. Exactement ce qui est arrivé à la bonne des Neugebauers.

— Mais c'est pourtant ce que font la plupart des écrivains.

— Bon appétit ! » C'est tout ce qu'il m'a répondu.

Je réfléchis un instant, puis je repris la conversation : « Monsieur Nietenführ, connaissez-vous Schiller ?

— Voulez-vous parler de Schiller, le magasinier de la brasserie Waldschlösschen ?

— Non, pas du tout. Je parle du poète Frédéric von Schiller, qui a écrit une quantité de pièces de théâtre, il y a plus de cent ans.

— Ah ! bon ! ce Schiller-là ! Celui qui a tant de statues ?

— Justement. Eh bien, il a fait une pièce qui se passe en Suisse, et qui s'appelle *Guillaume Tell.* Autrefois tous les enfants à l'école faisaient des devoirs sur Guillaume Tell.

— J'en ai fait aussi, dit Nietenführ. Je le connais bien, le Tell. Un drame magnifique vraiment ; il faut rendre cette justice à Schiller. C'est tout ce qu'il y a de bien. Mais que ces devoirs étaient terribles ! Il y en a un dont je me souviens encore aujourd'hui ; ça s'appelait : « Pourquoi Tell n'a-t-il pas tremblé pendant qu'il « visait la pomme ? » J'ai eu un 5. Ces devoirs-là, ça n'a jamais été mon fort.

— Oui... mais revenons à notre sujet. Eh bien, voyez-vous, quoique Schiller ne soit jamais allé en Suisse, sa pièce de Guillaume Tell est absolument exacte.

— Sans doute avait-il commencé par lire des livres de cuisine.

— Des livres de cuisine ?

— Évidemment ! Tout était dedans. Les hauteurs des montagnes en Suisse. Et à quel moment la neige fond. Et comment ça se passe quand il y a un orage sur le lac des Quatre-Cantons. Et l'histoire des paysans qui se sont révoltés contre leur gouverneur Gessler et qui ont fait la révolution.

— Vous avez certainement raison ; Schiller a lu tout ça.

— Vous voyez bien ! triompha Nietenführ en pourchassant une mouche avec sa serviette ; si vous faites la même chose et si vous lisez beaucoup de livres, alors vous pourrez très bien écrire votre histoire de kangourou en Australie.

— Mais je n'ai pas du tout envie de faire ça ! Si j'avais assez d'argent je voudrais aller là-bas et regarder tout moi-même attentivement. Sur place ! Mais lire des livres...

— Je vais vous donner un conseil de premier ordre. Le mieux serait que vous écriviez sur ce que vous connaissez. Sur le métropolitain, par exemple, sur des hôtels, des choses de ce genre-là. Sur des enfants comme il vous en passe tous les jours sous le nez, comme nous l'avons été nous-mêmes autrefois !

— Oui, mais quelqu'un qui avait une grande barbe, et qui connaît les enfants comme sa poche, m'a déclaré que ça ne les intéresserait pas.

— Quelle erreur ! grogna M. Nietenführ. Vous pouvez m'en croire. Moi j'ai des enfants. Deux garçons et une fille, et quand je leur raconte,

186

pendant mon jour de repos, ce qui est arrivé ici dans le restaurant, comment un tel a filouté sa note, ou l'histoire de ce client, l'autre jour, qui en voulant faire une farce au jeune chasseur a attrapé une dame qui passait au même moment, je vous assure qu'ils écoutent de toutes leurs oreilles.

— Alors, vous croyez, monsieur Nietenführ ? dis-je mal convaincu.

— Sûrement. J'en mettrais ma main au feu, monsieur Kästner », s'écria-t-il et il disparut car un client tapait sur son verre avec son couteau. Il voulait régler sa note.

Et voilà pourquoi — parce que le garçon de café Nietenführ l'a voulu ainsi — j'ai écrit une histoire sur des choses que nous connaissons tous depuis longtemps, vous et moi.

★

Je suis alors rentré chez moi ; je me mis un instant à la fenêtre ; je considérai la rue de Prague, et je pensai que peut-être l'histoire que je cherchais allait passer en bas devant moi. Je lui aurais fait un signe et je lui aurais dit : « Montez donc d'un bond jusqu'ici, je vous prie ! Je voudrais bien vous écrire ! » Mais l'histoire ne vint pas, et je commençai à avoir froid. Alors je fermai violemment la fenêtre et fis cinquante fois le tour de la table en courant. Cela non plus ne me fut d'aucun secours.

Enfin je me couchai de tout mon long encore une fois sur le plancher, et me plongeai en de profondes méditations.

Quand on est ainsi allongé au milieu d'une pièce, le monde prend une tout autre physionomie. On aperçoit des pieds de chaise, des pantoufles, les fleurs des tapis, des cendres de cigarettes, des flocons de poussière, des pieds de table : on retrouve même sous le sofa le gant droit que l'on cherchait vainement dans l'armoire depuis trois jours. Plein de curiosité, étendu par terre dans ma petite chambre, je voyais d'en bas les choses que d'habitude je vois d'en haut, et je remarquai à mon grand étonnement que les jambes des tables ont des mollets ; de vrais mollets, vigoureux et bruns comme s'ils appartenaient à des nègres ou à des écoliers aux chaussettes foncées.

Et tandis que j'étais là, à compter les pieds des tables et des chaises, afin de savoir combien de nègres ou d'écoliers piétinaient mon tapis, tout à coup me vint à l'idée l'histoire d'Émile ! Peut-être parce que je pensais justement à des écoliers aux chaussettes brunes ? Ou bien à cause de son nom de famille : Tischbein * ?

Quoi qu'il en soit, c'est à ce moment qu'Émile survint avec toute son histoire. Je restai bien

* Pied de table.

tranquille. Il en est des pensées et des souvenirs qui s'approchent de nous comme des chiens que l'on vient de corriger. Si l'on fait un mouvement brusque, si on leur parle, si on tente de les caresser — frrt, ils s'enfuient ! Vous pouvez attendre alors, avant qu'ils osent se rapprocher !

Je me gardai donc bien de bouger, et m'efforçai d'accueillir l'intruse avec un sourire engageant ; je désirais l'encourager. Elle prit confiance en effet, devint presque familière, et se rapprocha d'un pas, puis d'un autre encore... Alors je la saisis à la nuque. Je la tenais.

Par la nuque, c'est-à-dire par un bout. Pas plus pour le moment. Tenir un chien vigoureusement par la peau du cou, ou ne tenir qu'une histoire dont on se souvient ce n'est pas du tout la même chose. Tient-on un chien par la peau du cou, on est plus ou moins maître de tout l'animal : les pattes, la gueule, la petite queue et tout le reste.

Les souvenirs s'attrapent autrement ; on les prend par bribes. Quelquefois on commence par une touffe de cheveux, puis arrive la patte de devant gauche, puis la droite, puis l'arrière-train, morceau par morceau. Et au moment où l'on croit l'histoire complète, survient tout à coup un petit lobe d'oreille bien roulé. Alors enfin, si on a de la chance, on tient le tout.

J'ai vu un jour au cinéma quelque chose qui me rappelle beaucoup ce que je suis en train de vous expliquer. Il y avait un homme dans une chambre et il n'était vêtu que d'une chemise. Tout à coup la porte s'ouvrit et son pantalon fit irruption. Il l'enfila. Puis la botte gauche traversa l'air en sifflant. Puis la canne. Puis le col et la cravate. Puis la veste. Et une chaussette. Et la seconde botte. Et le chapeau, et l'autre chaussette, et les lunettes. Il était affolé. A la fin cependant l'homme se trouvait correctement vêtu ; tout était en place.

Il m'arriva exactement la même chose avec mon histoire, pendant que j'étais occupé à compter les pieds des tables et que je pensais à Émile. Et sans doute aussi vous arrive-t-il à vous-même parfois quelque chose d'analogue. Toujours étendu, je saisis mes souvenirs qui me tombaient de tous côtés, comme le font les idées.

Enfin je parvins à les réunir, et mon histoire était finie. Je n'avais plus qu'à m'asseoir et à l'écrire ligne par ligne.

C'est ce que je fis. Sans cela vous n'auriez pas en ce moment le livre d'Émile dans les mains. Auparavant, cependant, je me débarrassai rapidement de quelque chose d'autre. J'écrivis la liste des objets dans l'ordre où ils s'étaient précipités vers moi : la botte gauche, le col, la canne, la cravate, la chaussette droite, etc., etc.

Une histoire, un roman, un conte — ressemblent à des êtres humains ; ils en sont peut-être. Ils ont des têtes, des jambes, des appareils circulatoires, et des vêtements tout comme de véritables hommes. Et si le nez leur manque au milieu du visage, ou s'ils ont deux souliers différents, on le remarque en les regardant attentivement. Pour mieux expliquer comment m'est venue l'idée de cette histoire, je voudrais reproduire devant vous le petit bombardement qui a projeté sur moi pêle-mêle les parties, les éléments, les idées de mon récit*.

Peut-être serez-vous assez malins pour réunir vous-mêmes ces éléments ? C'est un travail dans le genre de celui que vous faites avec les jeux de construction qu'on vous donne, quand vous bâtissez une gare ou une église ; supposez seulement que vous n'avez pas de modèle et qu'il ne doit pas rester un seul petit morceau inutilisé.

C'est presque un examen !

Brrr !

Mais il n'y aura pas de sanction !

Dieu merci !

---

* Voir les portraits des personnages au début du volume.

Table des matières

IMPRIMÉ EN FRANCE PAR BRODARD ET TAUPIN
Usine de La Flèche (Sarthe).
LIBRAIRIE GÉNÉRALE FRANÇAISE - 6, rue Pierre-Sarrazin - 75006 Paris.
ISBN : 2 - 010 - 13921 - 6   ✠ 32/0144/9